Yvonne de Bark (*1972) ist eine viel beschäftigte Schauspielerin und Autorin. Sie genoss eine Schauspielausbildung in Berlin und Los Angeles. Bekannt und beliebt wurde sie durch ihre zahlreichen TV-Serien-Rollen (u. v. a. *Motorradcops*, *Alarm für Cobra 11 – Die Autobahnpolizei*, die RTL Daily-Soap *Unter uns* in der Rolle der Dr. Pia Lassner (2006 – 2009), *Küstenwache*, *Ein Fall für zwei*, *Marienhof*, *Hallo Robbie!*, *Der Fahnder* oder die Darstellung der Liane Fußmann in der Kinder- und Jugendserie *Schloss Einstein* 2011) und Auftritte in Kinofilmen (*Trinity und Babyface*, 1994, *Zeit des Schweigens*, 1996, in weiblicher Hauptrolle im Film *FinalCut.com* (dt. Titel *Suicide*, 2001) sowie *Mörderischer Plan*, 2003).

Das Leben mit ihren beiden Kindern inspirierte sie zu bislang 3 Sachbüchern: *Mama-Trost-Buch – Auch andere Mütter erziehen Monster …* (Ueberreuter, 2008), *Mamas wissen mehr: Das schräge Fachwissen der Mütter* (Ueberreuter, 2010), *Spielen macht schlau: Spaß ohne Computer & Co* (Ueberreuter, 2011). *Mann zu verschenken* ist ihr erster Roman (Solibro, 2012). Die zweifache Mutter ist sportlich und hält sich fit u. a. mit Triathlon und Kinderweitwurf. Aber auch mit Ballett und Jazzdance hält sie Ihren Körper geschmeidig, so dass u. a. der Playboy zugriff und die Schauspielerin auch einmal hüllenlos zeigte. Yvonne de Bark lebt im Rheinland bei Köln.

Yvonne de Bark

MANN ZU VER-SCHENKEN

ROMAN

solibro verlag

AMORA

1. Yvonne de Bark:
Mann zu verschenken. Roman
Münster: Solibro Verlag 1. Aufl. 2012
ISBN 978-3-932927-50-8

verlegt. gefunden. gelesen.
SOLIBRO

FSC
www.fsc.org
MIX
Papier aus verantwortungsvollen Quellen
FSC® C014496

ISBN 978-3-932927-50-8

1. Auflage 2012 / Originalausgabe

Umschlaggestaltung: *Cornelia Niere, München*
Umschlagillustrationen: *plainpicture/fStop* • *RetroClipArt (Männerkopf)*
Autorenfoto S. 2/U4: *www.redpoint.tv/Max-Elmar Wischmeyer*
Druck und Bindung: *GGP Media GmbH, Pößneck*
Gedruckt auf chlorfrei gebleichtem
und säurefreiem Papier.

www.solibro.de

Lady Astor sagte einmal zu Churchill:
»Wenn Sie mein Mann wären, würde ich Ihren Kaffee vergiften!« – *»Wenn Sie meine Frau wären«*, antwortete Churchill, *»würde ich ihn trinken.«*

1

An einem ganz normalen Abend in einem ganz normalen September eines ganz normalen Jahres

»Oooh ... Jaaa ... mmmh ... oh, ist das geil ... Jaaa.« Ich stöhnte, was mein Repertoire hergab. Ich drehte meinen Kopf leicht nach hinten und wagte einen kurzen Blick. Ja, er hatte die Augen geschlossen. Das bedeutete, ich musste nicht mehr das ganze ausgefeilte Programm der begehrenswerten, lasziven, leidenschaftlichen Bettgespielin abspulen. Eigentlich ja schon seit zehn von unseren sechzehn Ehejahren nicht mehr, aber ich tat ihm den Gefallen, dann war er grundsätzlich besser gelaunt.

Während er so hinter mir lag und sein Bauch bei jedem Stoß an meine wohlgeformte Hüfte klatschte, stöhnte ich im Rhythmus mit. Das wiegte ihn in Sicherheit und ich konnte in Ruhe den nächsten Tag durchgehen: Kinder für die Schule wecken. Butterbrote schmieren, obwohl die beiden eigentlich schon viel zu alt dafür waren und ich damit rechnen musste, dass die Brote dekorativ in einem Schulhofmülleimer landeten. Und weil ich dies vermutete, gab ich ihnen noch immer ein wenig Essensgeld mit – »für alle Fälle«.

Danach musste die Buntwäsche gemacht werden, eingekauft, Hemden in die Reinigung gegeben, gestaubsaugt und die im Internet bestellten Stiefel bezahlt werden. Ach ja, und Frau Meising von nebenan bekam noch zwei Eier zurück. Wenn die

Brut dann mittags gefüttert war, hatte ich einen Termin im Salon Helga. Ja, mein Gott, ich kann ja auch nichts dafür, dass der so heißt. Aber ich geh' halt gerne dorthin, weil eine Freundin Geschäftsführerin des Salons ist. Marlene würde mich wieder fragen, wie es mit Marius liefe. Ich würde, wie zuletzt immer häufiger, sagen: »Wenn er doch mal laufen würde.« Wir würden lachen, ich verließe mit neuer Haarfarbe, aber gleichem Schnitt den Salon und Marius würde zu Hause eine Bemerkung über meinen neuen, todschicken Schnitt fallen lassen.

Klatsch, klatsch ... Marius' Becken klatschte an meinen Hintern. Mann, der ließ sich heute wieder Zeit. Seit er gelesen hatte, dass Frauen angeblich auf einen langen Geschlechtsakt stehen, kam ich unter einer halben Stunde nicht mehr davon. Mit mehreren Stellungswechseln, weil er sonst zu schnell kam. Von diesen verschiedenen Stellungen fand ich rein theoretisch genau eine akzeptabel. Aber dummerweise war die auch für ihn ausgesprochen reizvoll, das bedeutete für ihn ein schnelles Ende – ohne mich.

Auf der gut lesbaren Nachttischuhr mit Leuchtschrift verblieben noch sieben Minuten. Ob wir heute vielleicht ein bisschen früher Schluss machen könnten? Ich lauschte stöhnend dem gleichmäßigen Klatschen und gab Gas. Ich knetete meine Brüste, das machte ihn an. Och, und wenn ich schon dabei war, konnte ich heimlich meine monatliche Krebsvorsorge machen und meine Brüste nach Knoten abtasten.

So, jetzt war es aber wirklich Zeit, zum Abschluss zu kommen. Noch ein bisschen heftiger stöhnen, schneller atmen, heftigere Bewegungen, dann sprang ich schnell vor ihn und reckte ihm meinen Po entgegen. Fertig.

Marius drückte mir einen Kuss auf den Nacken und kuschelte sich an mich. Weil er gelesen hatte, dass Frauen nach dem Sex kuscheln wollen. Kuschel ... Kuschel ... Nach einigen

Minuten erschlaffte sein Körper und das gleichmäßige Atmen, das durch das Entspannen seines Gaumensegels in sonores Schnarchen überging, verkündete mir den Eintritt in die wohlverdiente Nachtruhe.

Ich starrte in die Dunkelheit. Nein, schlafen konnte ich noch nicht. Also schälte ich mich aus seinem Arm und schlich aus dem Zimmer. Wie jeden Abend warf ich noch einen Blick in die Kinderzimmer. Zuerst bei Max. Er lag auf dem Rücken in seinem Bett und schnarchte. Na ja, Apfel und Stamm und so weiter. Seit er in der Pubertät war, kam ich in seinem Zimmer nicht mehr einen Schritt voran, ohne die Hilfe eines Schneepflugs in Anspruch nehmen zu müssen. Wehmütig dachte ich an die Zeit zurück, als ich ihm noch einen liebevollen Gute-Nacht-Kuss geben durfte und er mich mit seinen kleinen Ärmchen festhielt. Ich musste mich förmlich herauswinden, was ihn amüsiert aufquietschen ließ. Süßer, kleiner Max. Ich entschied mich, ihm heute einen heimlichen Gute-Nacht-Kuss zu geben. Vorsichtig schob ich seine Schultasche, die Sportschuhe und die leeren CD-Hüllen mit dem Fuß zur Seite und trat an sein Bett. Sanft strich ich ihm über seine Haare. Wenn er schlief, sah er aus wie Papa, nur dass Papa auch im wachen Zustand nie den Eindruck vermittelte, wirklich wach zu sein. Max drehte sich grummelnd weg. Also kein Kuss. War vielleicht auch besser, denn seine eigene Mutter nachts nackt an seinem Bett stehen zu sehen, könnte ihn später unendlich viele Therapiestunden kosten.

Nun öffnete ich leise die Tür zu Chrissys Zimmer. Sie sah wunderschön aus. Ihre langen blonden Haare umrahmten ihr ebenmäßiges Gesicht. Bald würde sie sich zum ersten Mal in einen Jungen verlieben und mich um Rat fragen. Wir würden zusammen shoppen gehen und ich dürfte ihr zeigen, wie man sich dezent, aber effektvoll schminkt. Im Salon Helga würden wir gemeinsam eine neue Haarfarbe aussuchen und ...

Ein lautes Grunzen aus dem elterlichen Schlafzimmer schoss jäh einen Pfeil in meine rosa Wolke und riss mich zurück in die brutale Realität. Puff.

Kurz darauf fand ich mich ernüchtert in meiner Hightechküche wieder. Die meisten Geräte konnte ich nicht mal ansatzweise bedienen. Aber allein die Anwesenheit von Entsafter, Milchaufschäumer, elektronischer Knoblauchpresse und Dampfeierkocher gaben Marius ein Gefühl von Männlichkeit. Oder war der Antrieb seiner Vorliebe für elektrische Haushaltsgeräte insgeheim auf die Hoffnung gegründet, ein Multifunktionsrührknetgemüsezerkleinerer würde sich positiv auf meine Kochkünste auswirken?

Ich öffnete den Kühlschrank. Getränkefach auf. Halbe Flasche Prosecco. Sehr gut. Mich fröstelte. Wenig verwunderlich, stand ich doch in einer kühlen Septembernacht splitterfasernackt in einer gefliesten Küche und hatte eine gekühlte Flasche Alkohol in der Hand. Vielleicht sollte ich mir mal was überziehen.

»Schahatz, was machst du denn da?«. Marius stand oben an der Treppe, auch nackt. Seine Haare standen grauschwarz in alle Richtungen. »Ist dir nicht kalt?« Dabei betastete er sein Gemächt, als wolle er kontrollieren, ob noch alles da war. Musste er auch, denn sehen konnte er sein Geschlechtsteil nicht mehr. Zumindest nicht ohne Spiegel.

»Alles gut, ich lese noch ein bisschen, geh doch wieder ins Bett, ich komm' gleich.«

Sein Gesicht verzog sich zu einem breitem Grinsen: »Bist du das nicht schon?«. Nö.

Ich schlüpfte in einen Morgenmantel, kuschelte mich aufs Sofa in eine Decke und versuchte, die kleine Leselampe neben dem Sofa zu dimmen. Einmal tippen, an. Zweimal tippen, aus.

Und darüber streichen, dimmen. Tipp, Streich, Streeeich, Tipp. Mist!

Nachdem ich ein paar Mal ungewollt Discolicht entfacht hatte, brannte sie endlich in einer annehmbaren Stärke. Jetzt noch ein Kerzchen aus Bienenwachs anzünden, dann war alles perfekt. Ich liebe es, in die Flamme zu starren. Das beruhigt.

2

Bestandsaufnahme

Ich bin eine Frau in den besten Jahren – JA, diesen Satz wollte ich schon immer mal sagen! Wobei ich »beste Jahre« gerne mal etwas näher definieren würde: Ich bin – sagen wir mal großzügig – Ende dreißig, sehe aber immer noch aus wie achtundzwanzig. Na gut, das nimmt mir keiner mehr ab, aber seit meinem dreißigsten Geburtstag feiere ich diesen Tag nicht mehr, das erleichtert auch das Zählen. Ich habe zwei Kinder, die gerade unterschiedlich schnell wachsende Brüste entwickeln und ihre ersten Schamhaare bekommen. Nehme ich jedenfalls mal an, so genau habe ich nicht nachgeguckt. Ich weiß nur, dass ich meinen Nachwuchs nicht mehr alleine erziehe. Fiese kleine Hormone haben die Macht übernommen. Sie zwingen meine Kinder dazu, Dinge zu sagen, die sie eigentlich nicht sagen wollen, und Sachen zu tun, die sie vorher nie getan hätten. Max übte seit einiger Zeit Schultaschenweitwurf, sobald er durch die Tür trat, und hielt es mit der Ordnung und Sauberkeit bedenklich locker. Ständig musste ich ihn ermahnen, sein Zimmer aufzuräumen. Ohne Erfolg. Auf der Terrasse lagen immer noch seine Klamotten vom letzten Sonnenbad und mit seinem Fahrrad schleppte er regelmäßig Berge von Dreck in die Garage. Chrissy war anders. Subtiler. Sie boykottierte ihren Ballettunterricht ohne Angabe von Gründen und diskutierte mit mir über Ausgehzeiten, als würde der Weltfrieden davon abhängen, ob sie eine halbe Stunde später nach Hause kommen dürfte.

Aber das alles gehörte wohl dazu und musste vom liebenden Erziehungspersonal stoisch ertragen werden. Ach ja, und dann gab es da einen weiteren Mitbewohner in meinem Haus. Marius. Eigentlich war es ja SEIN Haus. Ich hatte ja nichts gelernt. Oder konnte man angehende zahnmedizinische Fachangestellte bis zur Geburt des ersten Kindes als »gelernt« bezeichnen? Marius sagte, ich war eine gute Fachkraft. Er konnte das beurteilen, er war schließlich Zahnarzt. Deswegen hatten wir alle gute Zähne.

Wenn ich damals beim Vorstellungsgespräch gewusst hätte, dass ich einmal mit Mordgedanken auf einem Alcantarasofa in einem tollen Haus landen würde, mit zwei Kindern, einem zu fetten Hamster und einer Nachbarschaft, die auch die Steinfliesen ihrer Terrasse staubsaugte, hätte ich vermutlich meinen Augenaufschlag besser unter Kontrolle gehabt. So aber war sofort, als ich Marius zum ersten Mal in seinem Besprechungsraum gegenüber saß, unausgesprochen klar, dass wir im Bett landen würden. Taten wir aber nicht. Wir landeten auf der Behandlungsliege. Und daneben. Und darunter. Und im Labor neben dem Waschbecken. Es ist schon eine skurrile Situation, wenn einen beim Orgasmus ein Gebiss vom Tisch angrinst.

Ich war aber auch ein – wie sagt man – »ziemlich heißer Feger«. Hui. Und »kein Kind von Traurigkeit«. Auf jeden Fall war ich mir meiner Reize sehr wohl bewusst. Und weil die finanzielle Sicherheit, die Marius mir bieten konnte, meiner Lebensplanung ziemlich entgegen kam, wusste ich diese Reize auch an richtiger Stelle einzusetzen. Alles war perfekt. Ich schmückte sein Ego mit meinem grandiosen Aussehen, schlagfertigem Witz und flinker Zunge – und er gab mir das, was ich von einem

Mann erwartete: Geld, regelmäßige Penetration, er kannte sich mit Papierkram aus und als Kirsche auf dem Sahnehäubchen gab es sogar Liebe.

Zu Anfang war es eine leidenschaftliche Affäre. Nach Praxisschließung. Manchmal auch fünf Minuten vor Öffnung. Marius warf seine Cordhose in den Altkleidersack, rasierte sich auch am Wochenende und duftete wie ein Zwölfender in der Brunftzeit. Er WAR Testosteron pur. Es drang ihm aus jeder Pore. Wenn er mich mit seinen weichen, kräftigen Händen berührte, dann erbebte mein ganzer Körper vor Erregung. Er benutzte Kokosnussbodylotion, damit er für mich samtweiche Haut bekam. Er beschenkte mich mit süßen Schlüsselanhängern, klebte mir kleine Herzen an den Praxiscomputer und an meinen alten Golf. Er trug die Frisur so, wie ich es gut fand, und am Wochenende gingen wir in die Sauna.

Dann kam seine Frau hinter unsere Affäre. Eine nette Frau. Ein bisschen einfach vielleicht. Er hatte sie in der Uni kennengelernt. Sie war für die kleinen Reparaturen im Gebäude zuständig und ihre Aufläufe waren legendär. Weil sie sich bei einem »Tote-Hosen-Konzert« in eine Polizistin verliebt hatte, war sie gar nicht so unglücklich über die neu gewonnene Freiheit.

Als Marius direkt vom Scheidungstermin zu mir in meine kleine Zweizimmerwohnung kam, hielt er mich ganz lange fest im Arm. Ich spürte, wie sich sein Körper allmählich entspannte. Dann löste er sich, blickte mir fest in die Augen und sagte: »Ich liebe dich.« Seine Hand wanderte über meinen Arm hinunter zu dem inzwischen merklich gewölbten Bauch, den er streichelte und ihm liebevoll einen Kuss gab.

Es war unglaublich. Er zog sofort zu mir, wir bauten uns ein kleines, kuscheliges Liebesnest. Die ersten Tage verbrachten wir nur im Bett. Zum Essen schlich er sich in die Küche und presste ein paar Orangen mit seinen unglaublich zärtlichen Händen, bis sie unter seinem Charme all ihren Saft abgaben. Morgens briet er Bacon für mich und abends gab es die 64, die 8, die 27 süßsauer und zwei Mal Frühlingsrolle vom Chinesen gegenüber. Dazwischen gab es die 7, die 86 und die 249 aus dem Kamasutra.

Nach einer Woche mussten wir wieder arbeiten. Mein Bauch störte bald beim Sitzen, beim Stehen war er zu schwer und die Treppen mussten mich meine Kollegen hinaufschieben. Ich platzte schier aus allen Nähten, Still-BHs statt Spitzenwäsche und Oberschenkel wie das Michelin-Männchen. Lang konnte es nicht mehr dauern.

Es war so schön! Eines sonnigen Sonntags entführte mich Marius zu einer alten Burgruine. Wir wollten uns die Ritterspiele ansehen. Wir liebten das beide so sehr. Was war das für eine Zeit, in der ein Wort noch ein Wort war und in der es glänzende Goldstücke in Kisten gab. Vor allem die Ritter in ihren polierten Rüstungen, die allein für die Ehre bereit waren, ihr Leben zu lassen.

Eigentlich eine romantische Vorstellung. Aber Romantik hat ihren Preis: 1542 Meter für 220 Höhenmeter mit einer maximalen Steigung von 20 Prozent. Nach 75 Metern machte ich schnaufend die erste Pause, nach weiteren 180 Metern verfluchte ich Marius und seinen Samen und 240 Meter vorm Ziel hätte ich mich am liebsten scheiden lassen, auch wenn wir noch gar nicht verheiratet waren.

Marius ermunterte mich, zog mich ein Stück oder schob mich ein Stück, wenn niemand zusah. Er gab mir den letzten Schluck aus der 250 ml Flasche Wasser zu trinken und erzählte immer wieder vom »letzten Mal, das wir möglicherweise so etwas ohne Kind unternehmen könnten«.

Touché. Natürlich waren fast alle Plätze schon besetzt, als wir endlich am Ziel ankamen. Ich steuerte verschwitzt und schnaufend geradewegs auf einen guten Sitzplatz am Rande zu, damit ich ohne Umstände auf die Toilette verschwinden konnte. Unser ungeborener Sohn fand es nämlich lustig, regelmäßig mit seinem Fuß in meine Blase zu treten. Aber zu früh gefreut. Marius deutete auf die erste Reihe, direkt hinter der hölzernen Absperrung, die den sandigen Showplatz vom Zuschauerbereich trennte.

»Entschuldigung, dürfen wir mal? Entschuldigung, tut mir leid. Verzeihung.«

Jedem Dritten, der die Beine höflich einzog, um uns durchzulassen, streifte ich mit meinem riesigen Bauch die Nase. Ja, was denn? Hätte ich denen vielleicht meinen Elefantenhintern ins Gesicht drücken sollen?

Marius wirkte nervös. »Renn doch nicht so«, rief er und versuchte, mit mir Schritt zu halten. Aber ich ließ mich nicht aufhalten und rollte wie eine Dampfwalze durch die Reihe. Das einzige, was ich wollte, war mich hinsetzen, etwas trinken und vor allem nicht mehr im Mittelpunkt der allgemeinen Aufmerksamkeit stehen. Ich drängelte meinen Bauch und mich an zwei älteren Herrschaften vorbei, um auf den freien Platz neben der »Königsloge« zu kommen.

»Jetzt komm endlich!«, herrschte ich Marius an. Der ältere Herr, der gerade meinen Bauchnabel unter seiner Nase hatte, guckte mich wie versteinert an. Seine Gattin zupfte ihn am Jackenärmel. Ich ließ mich neben ihm auf die Bank plumpsen, holte ein Taschentuch heraus und fummelte es mir unter dem T-Shirt in die Achseln. Das hatte ich mir so angewöhnt, seit ich mehr schwitzte als ich trinken konnte. Das half! Gut sogar.

Marius setzte sich zwischen den älteren Herrn und mich. »Warum habt ihr denn nicht die Seilbahn genommen?«, zischte Marius' Sitznachbar ihm zu. Seine Gattin hielt sich verstört ein Stofftaschentuch unter die Nase, wohl um aufsteigende Gerüche abzuwehren. Hey, ich stinke nicht, ich schwitze nur! Und überhaupt, wie kam der Mann dazu meinen Freund zu duzen?

»Hey, was duzen Sie meinen Freund?«

Schwangerschaftshormone können einem nicht nur den Bauch, sondern auch ganz schön das Gehirn aufblasen. In dieser Leere zwischen den Schädelplatten schwirrten eigentlich australopithekische Sätze herum wie: »Was gucksu, ey, hau isch disch in Fresse, Opfa!« Aber auf diesem Niveau sollten sich andere tummeln. Ich hatte noch genügend Selbstbeherrschung.

Der ältere Herr antwortete so gelassen, wie ich es mir von meinem eigenen Vater auch erwartet hätte: »Wenn mein Enkel da ist, hoffe ich, dass du ihn auch duzen wirst.«

Synapsenoverload. Was wollte der? Was wollte ich denn mit seinem Enkel? Der Alte hatte sich offensichtlich von seinem Betreuer davongestohlen. Ich blickte genervt in die entgegengesetzte Richtung, damit ich weiteren wirren Kommentaren entgehen konnte.

»Darf ich vorstellen: mein Papa.« Marius deutete auf den älteren Herrn. »Meine Mama.« Nun zeigte er auf dessen Gattin, die inzwischen das Tuch heruntergenommen hatte und mich bemüht anlächelte. Scheiße.

Mein Bauch zog sich zusammen. Geburtsvorbereitende Kontraktionen. Nichts Beunruhigendes. Marius, dieser Schatz, fragte fürsorglich, ob ich etwas trinken möchte. Klar, eine Maß vom besten Oktoberfestbier und hinterher einen doppelten Jägermeister. Oder besser gleich den Jägermeister. Prost.

Ich entschied mich für einen halben Liter Wasser ohne Kohlensäure, denn ich wusste, durch Kohlensäure entströmten Angst einflößende Geräusche aus meinem Gesicht. Und ich musste ja nicht noch unnötig die Aufmerksamkeit auf mich ziehen. Marius verschwand und ich blieb alleine mit seinen

Eltern zurück. »Papa« lächelte mich ab und zu an, aber »Mama« schien irgendwie betrübt zu sein. Wenn sich zufällig unsere Blicke trafen, lächelte sie gequält. Ich lächelte gequält zurück.

Die Show begann. Ein halbes Dutzend Ritter galoppierten über die Fläche und stellten sich jeweils an den Seiten nebeneinander auf. Die ersten ritten mit ihren gesenkten Stangen aufeinander zu. Der eine fiel, vom angedeuteten Schlag getroffen, theatralisch zu Boden. Applaus. So auch die nächsten beiden Ritter. Ich reckte meinen Hals zum Getränkestand, aber kein Marius zu sehen.

Das Pferd des nächsten Ritters tänzelte nervös. Dessen Rüstung schien zu groß ausgefallen zu sein und das Visier schlug beim Galopp immer auf und zu. Blöde Show. Schlechte Stuntmen. Der Wackeldackel stieg mehr vom Pferd als dass er vom bösen, schwarzen Gegner hinuntergestoßen wurde, rappelte sich auf und zog sein Schwert. Der schwarze Ritter fuchtelte mit seinem Morgenstern und schlug mit großem Gebrüll in sicherem Abstand neben dem Dackel in den Sand. Der Dackel trat unbeholfen hin und her, schwang sein Schwert ein paar Mal und gab dem Schwarzen einen Hauch von Tritt gegen den Brustpanzer. Der torkelte schwer getroffen und aus dem Gleichgewicht gebracht nach hinten und blieb auf dem Rücken liegen. Dackel sprang herbei und setzte ihm sein Schwert an den Hals. Nun folgte der Blick zum König. Dieser nickte huldvoll und Dackel zog das Schwert vom Hals des schwarzen Ritters zurück. Applaus! Na ja.

Während sich Dackel in seiner Rüstung vor den König schleppte, niederkniete und sein Schwert in Richtung des Herrschers ausstreckte, fasste ich mir genervt an den Bauch. Au. Der König legte einen kleinen Kranz mit einer gelben Schleife auf die Spitze des Schwertes und erklärte: »Nun wähle deine Braut!« Der Angesprochene stand auf, seine Rüstung quietschte. Er schritt am Publikum entlang. Ich und alle anderen fuhren unsere Teleskophälse aus, um zu sehen, wo die kostümierte Angebetete zwischen den Zuschauern versteckt war. Mein Augenlid begann zu zucken, eine unbewusste körperliche Reaktion auf unerwartete Situationen außerhalb meiner Kontrolle. Das war so etwas wie mein ganz persönliches Echolot, das den versteckten Felsen unter der Wasseroberfläche ankündigte, mit dem in wenigen Augenblicken das Schiff havarieren würde.

»Mama« nestelte nervös an »Papas« Jackenärmel. »Papa« tätschelte ihr beruhigend die Hand.

Der Dackel schritt weiter und blieb plötzlich vor mir stehen. Oh nein. Ich guckte zwischen meine Beine. Oh nein. Umständlich schob er sein Visier hoch. Marius. »Oh nein.« Alle starrten mich an. Er warf mir den Kranz über die Absperrung hinweg zu, und der landete direkt in der Pfütze zwischen meinen Füßen.

3

Aber dann ...

Zweiundzwanzig Stunden später begann mein Leben als Hausfrau und Mutter. Max war geschlüpft, Marius wurde vom rassigen Liebhaber zum Arbeitstier und ich ließ mir meine Brustwarzen von einem immer hungrigen Babymund zerfleddern. Die Wochenenden verbrachten wir als Kleinfamilie auf Spielplätzen oder in Zoos. Völlig irre, denn ein Kinderwagenkind ist im Zoo eher für die Tiere interessant als andersherum.

Dann kam Brustwarzenzerfledderer Nummer zwei. Nun war ich mit zwei Kindern, Windeln und Haushalt vollauf beschäftigt. Als Marius eines Tages während einer Urlaubsvertretung zu einem Notfall musste, änderte sich auch unsere finanzielle Situation. Von diesem Tag an behandelte mein Mann die gesamte Prominenz der Stadt – und sogar von weiter her rannten ihm die zahnschmerzgeplagten VIPs aus Wirtschaft, Politik und Showbusiness die Praxis ein, um in den Genuss seiner heilenden Hände zu kommen.

Mein ehemals liebevoller, fürsorglicher Ehemann hatte sich im Lauf der Jahre total verwandelt. Und leider nicht zum Guten. Bin ich Opfer einer Midlife-Crisis? Oder das einer Verschwörung! Dieses Schnarchen, das vor vielen Jahren noch so süß und niedlich geklungen hatte und beim ersten zärtlichen Stupsen sofort verstummt war, hatte sich in nächtliche Rundgänge durch ein Sägewerk verwandelt. Der Kronkorken, der anstatt im Mülleimer auf dem Tisch darüber liegen blieb, offene Toilettendeckel – und von offenen Zahnpastatuben ganz zu schweigen. Oh nein, hatte ich das gerade gedacht? Hatte ich mich gerade über eine »offene Zahnpastatube« beschwert? Das wollte ich doch nie. Ich wollte doch immer diejenige sein, die das alles mit einem jovialen Lächeln wegsteckt. Über Ehekräche wegen »offener Zahnpastatuben« hatte ich mich bei meinen Freundinnen doch am meisten lustig gemacht. Na ja, es waren ja auch nicht die Zahnpastatuben allein, es waren vielmehr die Schuhe, die nie nebeneinander an ihrem Platz standen. Es waren die wirklich nervenden Dinge wie Brottüten, die nicht verschlossen wurden. So trocknete das Brot doch viel schneller aus! Eine Wurstverpackung, die leer wieder in den Kühlschrank geräumt wurde, anstatt entsorgt zu werden. War das so schwer??? Und vor allem – Achtung: die Cordhosen, die nach drei Jahren Ehe wieder hervorgekramt wurden. Weil sie doch so schön bequem waren!

Die Kerze war mittlerweile zu einem Drittel heruntergebrannt. Ich musste vorankommen. Schließlich wollte ich mir nicht die ganze Nacht ohne Ergebnis um die Ohren schlagen. Also: WAS störte mich wirklich an meinen Mann, wie er heute war? Die stetig zunehmende Körperfülle eines ehemals durchtrainierten Adonis? Warum tat er fast gar nichts mehr für seinen Körper? Ich schubste ja schließlich auch ständig Gewichte durch die Luft und rannte wie blöd durch den Wald, um ein bisschen fit und knackig zu bleiben.

Dann war da noch seine plötzliche aufgekommene Abneigung gegenüber Wasser. Marius duschte in letzter Zeit wirklich nur noch, wenn er unbedingt musste. Haare waschen lohnte sich nicht mehr, die lichteten sich ohnehin schon ein bisschen. Das abendliche Fernsehprogramm wurde getrennt geguckt, denn während ich mich zu meiner Schande an anspruchslosem Unterklassen-TV ergötzte, mussten bei der zweiten Person, die abendlich eine Kuhle in immer die gleiche Stelle des Sofas drückte, Personenkraftwagen durch die Luft fliegen und ein Bodycount (Anzahl der Leichen im Film) von mindestens zwanzig zur Konsumierung locken.

Es war nicht zu leugnen: Ich hatte versagt. Ich hatte versagt bei der Umerziehung des Liebhabers zum Ehemann. Das hatte ich nun davon: Ich hatte ihn herunter gewirtschaftet. Und jetzt? Jetzt musste eine Entscheidung her. Ich wollte nicht den popeligen Rest meines Lebens damit verbringen, mich über liegen gelassene Socken und schmutzige Waschbecken aufzuregen.

Eine Paarberatung – das konnte vielleicht die Lösung sein. Im Geiste ging ich mal eben den möglichen Ablauf einer Therapie durch. Also, da kommen wir in ein Besprechungszimmer mit einer Couch, eine nette Frau, die gerade in dritter Ehe geschieden lebt, hört uns aufmerksam zu, während wir unsere Beziehungsprobleme darlegen. Dann wird sie nach unserem Sexualleben fragen, und spätestens da müsste ich lügen. Schließlich sollte die Therapie dazu dienen, dass wir wieder zusammenkamen und nicht, dass er für den Rest seines Lebens keinen mehr hochkriegte. Das wäre also die erste, kaum zu umschiffende Klippe.

Bestimmt wäre eine weitere Frage, ob die Kinder unsere Beziehung belasteten und ob wir noch Zeit für uns hätten. Hm ... Ja ... Nein.

Am Ende von siebenundzwanzig nervenaufreibenden Sitzungen würden wir schließlich Händchen haltend aus dem Zimmer schweben, weil wir uns endlich mal alles gesagt hätten. Wir würden uns zum Abschied auf dem Parkplatz einen Kuss geben, dann stiege jeder in sein eigenes Auto, Marius, um in die Praxis zu fahren und ich zu Marlene, um meine Haare färben lassen.

Eine Putzfrau hätte, zumindest oberflächlich besehen, einige Probleme lösen können. Aber Marius wehrte sich mit Händen und Füßen dagegen, diesen Kostenfaktor zu übernehmen, so lange ich den Großteil meiner Zeit im Haus verbrachte und selbst alle notwendigen Tätigkeiten ausführen konnte. Doch selbst, wenn eine Putzfrau einen Teil meiner Ärgernisse beseitigt hätte, was mich an meinem Leben wirklich störte, wäre damit nicht beseitigt gewesen. Ein Problem bliebe unlösbar bestehen: Ich liebte ihn nicht mehr. Diese erschreckende Erkenntnis traf mich plötzlich wie ein Donnerschlag: Ich liebte Marius nicht mehr.

Ja, ich liebte ihn wirklich nicht mehr. Ich fühlte mich allein, auch wenn er zu Hause war; ich nahm den allwöchentlichen Sex nur noch rudimentär wahr, wie ein pflichtmäßiges Ritual, anstatt ihn zu genießen und zu leben. An echte Höhepunkte war schon lange nicht mehr zu denken.

Abends versorgte ich meinen Mann meistens mit Tiefkühlkost, das ging am schnellsten, und er fand diese Gerichte genau so lecker wie ein liebevoll zubereitetes Drei-Gänge-Menü. Ich verbrachte mehr Zeit mit meinen Freundinnen als mit Marius, und lachen konnte ich schon lange nicht mehr mit ihm. Früher hatten wir uns gegenseitig aus Büchern vorgelesen, wie romantisch. Heute schaute ich mir alleine Mittagsmagazine im Fernsehen an und las die »Bunte« im Lesezirkel des Friseursalons. Früher hatte ich es nicht erwarten können, nach Hause zu kommen und zu wissen, dass er da war. Auch dieses Gefühl war weg. Unwiderruflich. Puff.

In diesen Minuten traf ich eine Entscheidung, deren Auswirkungen ich zu diesem Zeitpunkt nicht im Geringsten abzuschätzen wusste: Ich musste mich von Marius trennen. Erst dann und nur dann wäre ich frei und könnte vielleicht sogar andere Männer treffen, die mein ziemlich angekratztes Ego wieder aufpolieren würden. Dann könnte ich endlich auch wieder das TV-Programm nach meinen Vorstellungen gestalten, ich wäre niemandem mehr Rechenschaft schuldig, weder über das, was ich tat, noch über das, was ich nicht tat.

Wie oft hatte Marius mich schon genervt, ich solle doch wieder arbeiten gehen oder mir ein Hobby suchen. Hallo? Ich hatte Hobbys! Ich ging unheimlich gerne in die Stadt und informierte mich über die neueste Mode. Und wenn man bedenkt, wie viel Zeit und Energie Körperpflege inklusive der von Hand- und Fußnägeln in Anspruch nimmt, dann kann man auch verstehen, dass ich manchmal schon nachmittags die Zerstreuung über das Fernsehen suchte. Überhaupt finde ich, dass das Fernsehen unterschätzt wird. Marius sagte, dass ich nur »Müll« gucken würde, aber das stimmte nicht. Ich lernte sehr viel beim Fernsehen. Wenn man allein die Gerichtsshows verfolgte ... oder die Realitysendungen. Das war REAL, das musste man sich mal vorstellen! Was ich auch gerne sah, war »Das perfekte Dinner«. Also, was die manchmal kochten! Und wie's bei denen aussah! Am meisten lernte ich aber beim Schauen von Magazinen: ob Butter bei Aldi oder Lidl billiger war, wie man eine unscheinbare Sekretärin in einen Schwan umstylte und welche Körbchengröße in den USA momentan Starlets am ehesten zum Ruhm verhalf. Ich informierte mich eben.

Aber Marius fand das doof. Er fand, das sei unter meinem Niveau. Er fand sowieso an allem etwas auszusetzen. An allem. Aber er würde es niemals offen aussprechen. Nein, das machte er subtiler: »Ich hab dann mal den Müll rausgebracht. Ich hab dann mal eingekauft. Ich hab dann mal die Küche aufgeräumt.« Applaus.

Ich wollte keine subtilen Vorwürfe mehr und ich wollte nicht mehr Standing Ovations machen müssen, wenn er mal den Trockner eingeschaltet hatte. Ich wollte wieder atmen können. Wenn Marius weg wäre, dann wäre ich glücklich. Bestimmt.

Was böte mir das Leben nach Marius? Würde ich fortan auf Ü-40-Partys gehen? Und dort auf schrecklich verzweifelte Männer treffen, die ein leichtes Opfer wären? Singlemänner über vierzig waren prinzipiell indiskutabel, denn es gab immer einen guten Grund, warum sie Single waren. Entweder waren sie beziehungsgestört – oder noch verheiratet und hatten den Ehering nur für den Partygang abgestreift. Das eine war so wenig akzeptabel wie das andere.

Außerdem – einmal abgesehen von der Tatsache, dass ich den Rest meines Daseins alleine verbringen würde: Ich müsste mir einen Job und eine Wohnung suchen und mir schlimmstenfalls einen komplett neuen Freundeskreis aufbauen. Die Toilettenspülung dürfte ich künftig wieder selber reparieren, und wenn der »Router« spinnen würde, wäre ich endgültig verloren. Mein Computer und ich, wir waren nur so lange beste Freunde, wie er keine Gegenwehr leistete.

Und die Kinder? Die Mäuse würden eine Trennung nicht verkraften, sie würden schnell drogenabhängig und uns später teure Rechnungen für Psychotherapiestunden unter die Nase halten. Und sie könnten sich jederzeit darauf berufen, dass Scheidungskinder für ihre verkorksten Leben keine Verantwortung trügen; der sofortige Schulabgang würde nur der Anfang sein.

Ich zog die Decke enger um mich. Mich fröstelte. Das waren alles keine guten Aussichten.

Die Zeiger der Kuckucksuhr aus dem Schwarzwald schoben sich auf drei Uhr. Die Kerze war schon lange aus. Auf dem Tisch hatte sich eine Pfütze Wachs gebildet. Billige Importware. Zeit ins Bett zu gehen.

4

Montag. 6:45 Uhr.

»Ich will Spaß, ich will SPASS ...!«, schrie mich der Wecker an. Seit Monaten wurden wir von der Neuen Deutschen Welle geweckt. Die hatte Marius auf seinem Handy eingestellt. Nichts gegen Nena oder die Spider Murphy Gang, aber wenn jeden Morgen 99 Luftballons auf ihrem Weg zum Horizont waren, dann hätte man irgendwann am liebsten ein Luftgewehr neben sich im Bett liegen. Und wenn das Bruttosozialprodukt schon um 6:45 Uhr morgens gesteigert werden sollte, indem man jetzt wieder in die Hände spuckte, und Major Tom zum wiederholten Male völlig losgelöst sonst wohin flog, dann liefen vor meinem inneren Auge Szenen ab, die mit Kettensägen und viel, viel Blut zu tun hatten.

Aber Ruhe bewahren, Millionen von Ehefrauen hatten sich in deren Schicksal ergeben und lebten in Zufriedenheit vor sich hin. Nicht glücklich, aber zufrieden. Und die, die »versagt« hatten und den Rest ihres Lebens in trostloser Einsamkeit vor sich hinvegetierten, die waren bestimmt nicht glücklich. Obwohl, meine Freundin Marlene war sehr wohl glücklich, glaubte ich. Und Barbara erst. Die war seit drei Jahren geschieden und sah seitdem aus wie das blühende Leben, obwohl sie finanziell ganz schön knapsen musste. Oder Nicole, die frühstückte ihre Lover. Um Verwechslungen vorzubeugen, nannte sie einfach alle »Schatzi«. Ich würde meine »Sonnenschein« rufen.

Wie er schon dasaß. Er schnaufte beim Essen. Als ob das anstrengend war. Durch die Nase. Wie ein Rhinozeros. Und er schlürfte seinen Kaffee. Das war mir früher nie so aufgefallen. Angewidert sortierte ich die sauberen, scharfen Messer in die Schublade. Mein Blick wanderte an ihm entlang. Seine Hose saß sehr eng. Störte ihn das nicht? Ich hätte ihm eine Schwangerschaftshose von mir leihen sollen, da hätte er gleich eine stützende Funktion für seinen Bauch gehabt. Wonderbra für die Wampe. Und überhaupt, war das nicht die gleiche Hose wie gestern? Und vorgestern? Iiih.

An seinem Mundwinkel klebte ein roter Marmeladenklecks. Erdbeermarmelade. Von meiner Mutter. Die müsste ich ihm als Erstes entziehen. Das war MEINE!

Plötzlich blickte Marius von seiner Zeitung auf. »Was ist?«

Huch, ich hatte ihn angestarrt. »Nichts.« Ich legte das Pausenbrot für Chrissy in die Dose. Der Marmeladenklecks klebte nun nicht mehr an seinem Mund, sondern an seiner Tasse. Wie Loriots Nudel. Fehlte nur noch, dass ... Jawohl, nun hatte er einen roten Erdbeermarmeladenklecks auf der drei Tage alten Hose. Ich sagte nichts.

Max schlurfte in die Küche, goss sich Kaffee ein.

»HALLO? Du bist 15!« Schnappatmung meinerseits.

»Einhalb«, grunzte es zurück.

»Du lässt unseren Sohn Kaffee trinken???«

»Spinnst du?« Ich mochte es nicht, wenn ich angegriffen wurde ...

»Ja, wie kommt er denn sonst auf die Idee?«, beharrte Marius und nahm einen Schluck aus seiner Tasse, abermals schlürfend.

Max hatte sich inzwischen ein Glas Milch eingeschenkt und schaufelte müde eine Schüssel Müsli in sich hinein. Dabei spielte er an seinem Handy herum.

»Keine Unterhaltungselektronik am Tisch!« Auf diese Regel war ich stolz. Unser Sohn nahm sein Handy vom Tisch und spielte unter der Platte weiter. Marius sah mich an, als erwartete er, dass ich entweder zum Plädoyer anhob oder zumindest den Baseballschläger rausholte. Wir beide wussten ganz genau, dass nun zwei Möglichkeiten im Raum standen: Entweder Max kam zu spät zur Schule, weil die drohende Gardinenpredigt über Undank und Taschengeldkürzung ihn seelisch derart zerschmettern würde, dass ein Weiterleben nur bedingt möglich wäre. Oder es passierte ... gar nichts. Gar nichts. Erzieherische Konsequenz liegt auch in der konsequenten Nichterziehung Pubertierender.

Marius schüttelte verächtlich den Kopf, trank seine Tasse im Gang zur Spüle aus und schob Chrissys gepackte Reisetasche vor der Tür beiseite, die mit einem »Klack« hinter ihm ins Schloss fiel. Tschüss.

Nachdem die Tür dasselbe Geräusch wenig später auch hinter Max gemacht hatte, kam unsere Tochter in die Küche. »Morgen, Mom.«

Ich nahm sie in den Arm.

»Was'n?«

Meine Güte, sie fühlte sich so erwachsen an.

»Mom, ich muss los.«

»Ja, ich weiß.«

»Wo ist Dad?«

»Schon weg. Er lässt dich schön grüßen und wünscht dir viel Spaß.« Chrissy sah mich traurig an. »Na gut, er hat's vergessen. Aber er hätte dich bestimmt schön grüßen lassen und dir viel Spaß gewünscht.«

Chrissy lächelte müde, nahm ihre Brotdose und steckte sie in die Reisetasche. Draußen hupte ein Auto. »Also dann: Bis Freitag.«

Oh nein, wie ich so etwas hasste. »Ja, bis Freitag. Viel Spaß und mach keine Dummheiten.«

Das war ja nun nicht die erste Klassenfahrt, aber es war jedes Mal ein Gefühl, als würde jemand mein Herz mit einem Kabelbinder einschnüren. Aua.

Ich winkte noch, bis das Auto um die Ecke verschwunden war, und kam mir dabei vor wie eine der braven Vorstadtladys in »Desperate Housewives«, von der die Zuschauer genau wussten, dass sie gleich ins Haus gehen würde, um dort die gefrorene Leiche ihres ermordeten Mannes aus der Kühltruhe zu entsorgen.

5

Zielsetzungen!

Meine Güte, immer dieser Zettelkram. Aber ohne bunte Post-its konnte ich nicht mehr existieren, seit die erste Schwangerschaft meine Gehirnzellen abgeschossen hatte. Mein Kühlschrank sah aus wie ein stehender Flickenteppich und mein Schreibtisch, als hätten unsere amerikanischen Verwandten ihren Quilt dort vergessen. Aber ich hatte sogar ein System in diesem Memory-Spiel: Je auffälliger die Farbe, desto dringender war die Aufgabe, und je nachdem, WO das Post-it klebte, sagte es mir, welcher Aufgabengruppe es angehörte. Einkaufserledigungen: Küche. Briefe wegschicken und Rechnungen bezahlen: Arbeitszimmer. Und noch mal Küche: Kinderkram und Haushaltstätigkeiten wie Wäsche zusammenlegen. Ja, ich brauchte sogar für das Wäschezusammenlegen eine Erinnerung. Peinlich? Nö, notwendig. Dass das System lückenlos funktionierte, hatte ich noch nie erlebt, aber irgendwie schlummerte tief in mir ein Organisationsgenie. Ich bekam alles geregelt. Irgendwie.

Jetzt saß ich also mit den Ellbogen auf meinen Schreibtischquilt gestützt und erweiterte die Sammlung der To-dos. Gab es da nicht einen Film »Wie werde ich ihn los ist 10 Tagen«? Ach ja, der ging nur um eine frische Beziehung. Was wussten die schon von herumliegenden Socken und davon, wenn es seit Jahren zu Weihnachten Haushaltsgeräte gab!

Apropos Geschenke! Wie viel Geld würde mir eigentlich nach der Scheidung bleiben? Und wer würde die angesagten Trendklamotten und elektronischen Gimmicks der Kinder bezahlen? Laptop auf und eine Mail an meinen Rechtsanwaltsfreund Tom schreiben. Tom war mal verliebt in mich. Als ich Marius heiratete, war er total erschüttert. Ich glaube, nur aus Verzweiflung ehelichte er selber schon bald darauf seine damalige Anwaltsgehilfin. Die Ehe blieb kinderlos, abgesehen von einem Retriever in der Hundehütte, der mich nicht mochte. Oder war es die Frau, die mich nicht mochte? Wenn Assistentinnen schon ihren Chef heirateten, ts.

»Liebster Tom, ich habe eine Freundin – kennst du nicht –, die möchte sich scheiden lassen. Sie ist ungefähr so alt wie ich, hat auch zwei Kinder, so alt wie meine, und hat ihre Ausbildung abgebrochen. Die beiden waren ungefähr so lange verheiratet wie Marius und ich. Nun möchte sie gerne wissen, was finanziell nach der Scheidung auf sie zukommt. Kannst du mir helfen? Liebe Grüße, Bea.«

Ja, genaaau. Delete.

Dann doch lieber Internetrecherche. Das konnte ich gut. Ich konnte gut Dinge bei eBay versteigern. Und ich konnte besser Schuhe bestellen als irgendjemand anders. Und ich konnte erfolgreich googeln, wie man Kugelschreiberflecken von Schränken entfernt und Harz aus Haaren. Außerdem konnte ich Rezepte bei Chefkoch.de finden. Nach Schlagwörtern. Und nachkochen. Mir fehlten leider nur immer diese komplizierten Zutaten wie Wacholderbeeren und frischer Thymian usw. Dann machte ich es ohne sie – und es schmeckte trotzdem ... nicht.

Ich gab also »Ehe zu Ende« ein. Das Fass war geöffnet und ich verschlang fasziniert Berichte von mir völlig unbekannten Menschen, die ihre kaputten Ehen im Internet in Foren zu Markte trugen und ihre Geschichten offen und mehr oder weniger ausgeschmückt einer völlig unbekannten Menge von wildfremden Lesern offenbarten. Also auch mir. Faszinierend. Aber in der Sache wenig hilfreich. Vielleicht sollte ich weniger romantisch als vielmehr pragmatisch an die Sache rangehen: »Unterhaltszahlung«. Ja, wieder eine Riesenanzahl von Treffern. Bingo. Aber, ach, du Schreck: Was ist denn bitte eine Differenzmethode und was ein »fiktives« Einkommen? Tom, Hilfe!

»Lieber Tom, ich habe eine Freundin – kennst du nicht –, die möchte sich scheiden lassen. Sie ist ungefähr so alt wie ich, hat auch zwei Kinder, so alt wie meine, und hat ihre Ausbildung abgebrochen. Die beiden waren ungefähr so lange verheiratet wie Marius und ich. Nun möchte sie gerne wissen, was finanziell nach der Scheidung auf sie zukommt. Kannst du mir helfen? Liebe Grüße, Bea.« Send.

Au weia. Aber weg war weg. Einem Brief konnte man früher noch hinterherlaufen, den Postboten ausrauben, Luft aus den Reifen seines Fahrrads lassen, ihm einen Blick auf die Brüste versprechen. Aber einer Mail hinterher zu jagen überforderte meine kognitiven und intravirtuellen Fähigkeiten.

»Klong«. Prompt erschien schon das kleine rote Pünktchen auf meinem Mailsymbol. Die Antwort war da. Öffnen.

»Liebe Bea, wie schön von dir zu hören. Mir geht es gut, danke der Nachfrage. ;-) Hier ist die Nachricht für deine Freundin: Grundsätzlich muss jeder Ehepartner nach der Scheidung selber für sich sorgen. Wie das genau aussieht und ab wann kein Unterhalt mehr fällig ist, hängt von einigen Faktoren ab. In ihrem Fall sind die Kinder nicht mehr betreuungspflichtig, sie ist noch erwerbsfähig usw. Das bedeutet: Sie muss arbeiten gehen. Falls sie einen Ehevertrag hat, so wie du zufällig mit Marius, dann wäre eine Scheidung so ziemlich das Dümmste, was sie machen kann. Außer, sie findet schnell einen neuen Versorger (Zwinker, Zwinker). Ich hoffe, ich konnte dir helfen und wünsche deiner Freundin (Zwinker, Zwinker) alles Gute. Dein Tom. PS: Diese Mail stelle ich dir nicht in Rechnung ;-)«.

Er wusste es. Und er hatte sich nichts anmerken lassen, der Gute. Stattdessen erklärte er mir den Sachverhalt wie einer Vierjährigen. Das war so lieb.

Also, auf den Punkt gebracht: Ich würde Haus und Hof verlieren, die mir nie gehört hatten, und ich würde eine Woche lang die gleichen Schuhe tragen müssen – mindestens.

Dieser verdammte Ehevertrag damals. Eigentlich sollte ich Marius einfach mal umbringen dafür! Plötzlich öffnete sich eine winzige Erinnerungsschublade in meinem Oberstübchen: »Schatz, alles, was ich habe und erarbeite, hast du doch genauso. So lange wir zusammen sind ...!« Mist, dieses Kleingedruckte. »So lange wir zusammen sind ...«

Ich sollte arbeiten? Was hätte das denn sein sollen? Mit vierzig noch eine Ausbildung beginnen? Meine Kollegen würden mir doch Krücken anbieten und in der Kantine immer Rücksicht darauf nehmen, dass ich auch ja das Passierte bekam.

Was blieb mir sonst? Mal einen Blick in den Spiegel werfen. Na ja, ich war keine 20 mehr. Aber für zwei Kinder sah ich noch ganz schön lecker aus. Sportlich. Ich joggte ja auch drei Mal die Woche. Noch hing nichts an mir. Mein adretter Pagenkopf war momentan rötlich, danke Marlene. So sah ich im Moment ein bisschen aus wie Julia Roberts mit ihrer roten Nuttenperücke in »Pretty Woman«.

Nuttenperücke? Ja, vielleicht war das die Lösung: Ich könnte anschaffen gehen. Meinen Körper für Geld verkaufen, meine Würde unter gierigen Grapschhänden und alten, geilen Schwänzen vergraben. Mich in dunklen Bars herumtreiben und fremde, glatzköpfige, rückenbehaarte Männer ansprechen und fragen, ob sie ihren stinkenden Schweiß für ein paar Euro an meinen wunderschönen Körper abschmieren möchten.

Uach! Neinneinneinnein ... so nicht. Kein Schweiß außer meinem eigenen oder dem der Chippendales auf meinem Körper. NEIN!

Ich durfte unmöglich mein hart erarbeitetes, gemütliches Leben in Friseursalons und Einkaufszentren aufs Spiel setzen, nur wegen dieses bisschen Genervt-Sein von meinem absolut unerträglich gewordenen Mann. Ich wollte keinen Sex mehr mit ihm, aber wenn es sein musste, dann würde ich es tun. Das war mir immer noch lieber, als mit fremden, nackten Männerkörpern für mein tägliches Brot zusammenklatschen zu müssen. Außerdem wollte ich, dass er mich in Ruhe lässt, was die Kindererziehung betrifft. Er müsste mich mein Leben leben, mich mein Fernsehprogramm sehen lassen, nicht am Essen herumnörgeln und mir eine Putzfrau bezahlen und sich weiter um anfallende Arbeiten im Haus kümmern. Und zwar mit einem Lächeln auf dem Gesicht. Mehr nicht.

Ich war eine nichtsnutzige, wunderschöne Frau mit Humor, Intellekt und Klasse. Und ich würde dies zu nutzen wissen. Ich würde Marius verlassen. Er dürfte es nur nicht merken.

6

Her mit den Jungfrauen!

Montag. Später Vormittag.

Oh Gott, was war ich aber auch larmoyant. Da verhungerten Kinder auf der Welt und ich heulte rum wegen dieses bisschen »Ehe am Ende«. Aber gut, wenn ich frei war, würde ich mich um die hungernden Kinder kümmern. Versprochen. Der Worte sind genug gewechselt, nun lasst uns endlich Taten sehen.

Also noch mal das Gehirn sortieren: Mann loswerden ohne Verluste zu machen. Für alle Fälle sollte ich schon mal die Nummer der Seelsorge raussuchen. Dann musste Marius das nachher nicht selber tun. Post-it.

Aber wie konnte ich ihn loswerden, ohne dass er mit all meinen lieb gewonnenen Schätzen vom Hof ritt? Mal googeln. Selbstmord schied aus, dann wäre ich ja weg und hätte nichts mehr von diesen Schätzen, die ich unbedingt bewahren wollte. Sehr scharfsinnig, Frau Puhlmann. Mord schied ebenfalls aus. Aus moralischen Gründen und Unerfahrenheit. Wobei es natürlich moralischer wäre, ihm gleich eine Mistgabel in die Eingeweide zu rammen, sie unter Strom zu setzen und ihn in eine Wasserpfütze zu stellen, als ihm bei lebendigem Leibe das Herz herauszureißen, indem ich ihn verließ. Ich wollte ihm ja nicht wehtun. Ich wollte ihn nur loswerden. Wenigstens ein bisschen. Genau so viel, dass ich wieder atmen und pfeifend und singend durch die Straßen unserer Kleinstadt tanzen konnte. Keine vollgerotzten Taschentücher mehr, die ich vor dem Waschen hausfrauengerecht mit spitzen Fingern aus Hosentaschen herausziehen muss. Keine Vorwürfe mehr, dass die Kinder noch keinen Nobelpreis hatten. Keinen Pflichtsex am Samstagabend.

Aber wie stellte man so etwas an? Mal schauen. Tipp tipp tipp: »Mann loswerden«. Enter. Au weia. »Mein Mann schreit mich an, mein Mann hängt nur zu Hause rum, mein Mann schlägt mich, ich halte es nicht mehr aus.« Ja, DAS waren Probleme! Ich war wirklich eine Sissi. Quel dommage! Mein Mann wirft mit schmutzigen Socken nach mir! Oh, isch kann nischt mähr, meine Mann immer bringt misch die falschen Blumschen! Oh, isch stärbe!

Sollte ich es nicht einfach lassen? Andere schafften es doch auch, mit ihrem degenerierten Mann ohne Einschränkung zusammenzuleben.

Aber ich scrollte weiter. »Mann trinkt zu viel, Mann ist aggressiv, Mann ist ein Spieler, Mann geht fremd, Mann kommt zu früh, Mann kommt zu spät, Mann kommt gar nicht ...«

Moment. Ich scrollte zurück. »Mann geht fremd«? Oha. Da stand es »Mann geht fremd – ich will ihn nicht mehr«. Wenn man diesen Satz umdrehte, wurde daraus: »Ich will ihn nicht mehr – Mann geht fremd.«

DAS war die Lösung. Er musste FREMDgehen. Er musste sich eine Geliebte anschaffen. Er musste vor Verliebtheits- und Geilheitshormonen platzen. Dann hätte er ein schlechtes Gewissen, traute sich nicht, es mir zu sagen und ich führte ein Leben in Saus und Braus. Er bekäme ein bisschen Schwung in sein Leben und ich meine Freiheit.

JA, DAS war das Ei des Kolumbus, nach dem ich gesucht hatte! Meine Gedanken jagten los wie ein vierspänniger Streitwagen nach dem Startschuss. Marius musste das Leben zu Hause hassen. Er musste es genauso hassen wie ich. Dann war er bereit für einen Tanz auf dem Vulkan der aushäusigen erotischen Ekstase. Also: Es galt, ihm das Zusammenleben möglichst unangenehm zu machen. Post-it. Und dann: eine Frau suchen. Post-it. Und schließlich: Seine »Schlechtes-Gewissensgeschenke« jovial annehmen. Unbedingt. Post-it.

Aber halt! Kurz noch mal Gefühle checken! Wir gingen hier schließlich nicht auf den Markt, um Äpfel zu kaufen, sondern wir spielten mit den Gefühlen eines Menschen. Mit meinen. Würde es mir wirklich nichts ausmachen, wenn er seine Lippen auf einen rosa Glossmund presste und seine Zunge dazwischen nach Nahrung suchte? Ääähm: Nein. Würde es mir auch nichts ausmachen, wenn er auf einer fremden Brustwarze herum kaute, als sei es ein vertrockneter Kaugummi, der durch ambitioniertes darauf herumkauen wieder weich gemacht werden muss? Oder wenn er zwei knackige Möpse zwischen seinen Fingern quetschte, weil er glaubte, das mache sie »startklar«? Ääähm ...: Nein. – Nein, es würde mir so gar nichts ausmachen, wenn er mit seinen Fingern zwischen ihren Beinen nach irgendetwas wühlte und es doch nicht fand. Es bleibt ohnehin für immer das Geheimnis von Männern, was sie da eigentlich suchen.

Also noch mal: Das alles würde mir überhaupt nichts ausmachen. Es würde mir auch nichts ausmachen, wenn er dabei glücklich wäre, denn je glücklicher er wäre, desto schlechter würde sein Gewissen sein, desto mehr Geschenke und Freiheit bekäme ich. Ha. Wir würden dann schön getrennte Wege gehen am Wochenende. Er würde froh sein, wenn ich mit einer »Freundin« verabredet wäre und er den Abend zur freien Verfügung hätte. Und wir würden beide bestens gelaunt nach Hause zurückkehren und nebeneinander einschlafen. Oder besser noch, NICHT nebeneinander. Die Couch war doch auch sehr gemütlich.

Gut. Nun musste nur noch eine passende Frau her. Also wieder mal ein paar Suchbegriffe austesten. Unter »Frau für meinen Mann« kam nix. Nur diverse Forenbeiträge über Dreier. Danke. Kein Bedarf. Mein Gott, das Internet war ja nicht sehr ergiebig, wenn man wirklich mal Hilfe brauchte. Bestimmt gab es mehr Einträge, wie man jemanden am geschicktesten umbrachte oder wie man Terroranschläge vorbereitete, als dass man hier Ratschläge bekam, wie man geschmeidig aus den Brombeersträuchern einer Ehe entschlüpfen konnte.

Vielleicht sollte ich eine Nutte engagieren? Ein bezahltes Weib, das nach meinen Anweisungen handelte und nach meiner Pfeife tanzte. Mal googeln. »Nutte Preis«. WAS? Die STUNDE? Vergiss es! Nicht mal mit einer Pauschale würde das hinhauen. Scroll. Mit Blasen, ohne, Natursekt, Kaviar, griechisch. Nee, brauchte er alles nicht. Kriegte er alles nicht. Mein Mann sollte Hausmannskost bekommen.

7

Montag. Mittags

»Hase, was machst DU denn schon wieder hier?« Marlene schwebte mit einer schwarzen Kurzhaarperücke über ihrer Hand sofort auf mich zu, als sie mich erblickte. Das sah ein bisschen skurril aus. Wie eine Neuzeitamazone, die einen Skalp in die Trophäenvitrine legen wollte. Ihr offenherziges Dekolleté wippte bei jedem Schritt sichtbar auf und ab. Mit einem Blick bedeutete sie ihrer neuen Angestellten gebieterisch, sich um die graumelierte Dame in Lockenwicklern zu kümmern. Wir umarmten uns, weil wir uns irgendwann entschieden hatten, »Küsschen, Küsschen« blöd zu finden.

Das wurde dann auch unser Geheimcode auf Partys: Wir begrüßten nur Menschen, die wir mochten, mit einer Umarmung. Besonders liebe drückten wir ganz fest und lange. »Küsschen, Küsschen« blieb für die anderen übrig. Die, die uns nicht verdient hatten. Umarmen hieß: »Ich mag dich.« Sie mit der Hüfte andrücken bedeutete: »Nimm misch! Isch mach misch naggisch nur fur disch!« Mit Marlene hatte ich schon die wildesten Partys gerockt. Ja, wir waren mal jung. Ich glaube, unsere Brüste waren die einzigen, die es jemals in die Schulzeitung geschafft hatten. Zwar nur als eine Schwarzweißkopie mittels des Schulkopierers, aber immerhin. Legendenbrüste!

»Gefällt dir die Farbe nicht?«, fragte Marlene. »Sie ist toll an dir! Wie gefällt sie denn der Rute?«

So nannte sie Marius, weil sie seinen Namen nicht ausstehen konnte und weil sie fand, dass man Personen nach dem benennen sollte, was sie auszeichnete. Ihr Ex hieß »Arsch« (und das hatte nichts mit seinem Körperteil zu tun). Warum Marius »Rute« hieß, wusste ich nicht. Irgendwie war das schon immer so gewesen. Vielleicht, weil die Beziehung zwischen Marius und mir so leidenschaftlich und körperlich begonnen hatte. Marlene fand das aufregend. Marlene fand Sex schon immer mindestens so gut wie Turnen. Man blieb fit und gelenkig. Schon in der Schule hatte sie als allererste ihre Zunge mit der des schönen Tommy aus der Parallelklasse verknotet. Dann kam Stefan Munik, dessen Muskel angeblich 19 cm maß; oder Olaf Krotz, der beim Küssen unter großem Flüssigkeitsverlust aus den Mundschleimhäuten litt; sogar »Pomadenmichael« durfte sie anlecken – der hatte später einen Werbevertrag mit irgend so einem Haargelproduzenten.

Marlene hatte die Anfänge zwischen Marius und mir in allen Details mitbekommen. Wenn eine mir Tipps geben konnte, dann sie. Nicht, dass ich völlig unerfahren gewesen wäre, nein. Aber Marlene sagte, so etwas wie »Rute« müsse man sich krallen und festhalten, das gäbe es nicht alle Tage. Wenig später war Sie es dann gewesen, die mir den Schwangerschaftstest besorgt hatte, weil ich viel zu feige war, in die Apotheke zu gehen. Sie war es, die mich mit einer Kotztüte unter der Nase in ihrem Polo zum Gynäkologen gefahren hatte; und sie hatte mir sofort die Zigaretten weggenommen, nachdem mich der Arzt angestrahlt und bemerkt hatte: »Wir werden uns in den nächsten Monaten häufiger sehen. Kennen sie den Vater des Kindes?«

Marlene hatte mir immer zugehört. Irgendwann hatte sie geheiratet, einen Friseursalon eröffnet, war mit ihrem Mann in eine kleine Wohnung obendrüber gezogen und wir hatten uns vorübergehend aus den Augen verloren. Wobei »aus den Augen verlieren« in einer Kleinstadt wie der unseren mit 21.000 Einwohnern und fünf Friseursalons faktisch gar nicht möglich war. Aber zunächst war das gut so. Wir konzentrierten uns auf unsere Männer, Ehen und Familien.

Marlene blieb kinderlos. Das war wohl ein weiterer Grund, warum wir uns nicht mehr so viel zu erzählen hatten. Es ist nun mal schwierig, wenn eine zweifache Mutter und eine noch lebendige Frau aufeinandertreffen. Vollgekackte Windeln, Brei und Ökospielzeug sind nur für Leidensgenossen interessant. Hochhackige, Lippenstift und angesagte Klubs sind wiederum für Brutschützer, deren Lebendwecker um halb fünf morgens schreit, Phänomene aus einer anderen, schönen Welt, weit, weit weg.

Marlene trennte sich von »Arsch«, nachdem der sie mit seiner Praktikantin betrogen hatte, und lebte seitdem als glücklicher »Single mit Affären«, immer auf der Suche nach dem großen Glück und Push-up-BHs.

»Ich will mich von Marius trennen«, platzte ich sofort heraus, nachdem ich mich aus Marlenes Umarmung gelöst hatte. Um diesen dramatischen Moment besonders zu unterstreichen, fiel hinter mir die Tür mit diesem schrillen »Schringngng« ins Schloss, womit sie allen Menschen im Umkreis von 250 Metern mitteilte, dass ein Kunde Marlenes Geschäft betreten oder verlassen hatte.

Meine Freundin rührte sich ein paar Sekunden nicht und starrte mich stumm an. Nein, sie starrte durch mich hindurch. Lebte sie noch? Plötzlich grapschte sie nach meinem Arm und zog mich mit sich, vorbei an der grauhaarigen Rentnerin, die gerade umständlich von der neuen Angestellten Babette eine Dauerwelle eingedreht bekam und deren ungeteilte Aufmerksamkeit genoss:

»... das ist doch unmöglich, das kann sich so einer doch gar nicht erlauben. Seitensprungagentur! Und seine Frau sitzt jetzt zu Hause und heult sich die Augen aus, also den wähl ich nich' mehr ... «. Babette nickte brav und wickelte die nächste Locke, während sie zu »kleine Taschenlampe brenn ...« aus dem Beschallungsgerät mit der Hüfte mit wippte: »Ja, Frau Paschek, da haben Sie recht.«

Marlene stellte die schwarze Perücke ins Regal zwischen die blonde und rote und zog mich in das kleine Büro im hinteren Bereich des Salons. Ein Tisch, ein Stuhl, ein Computer, ein Kühlschrank, eine Kaffeemaschine, ein Hängeschrank. Ein schwerer Vorhang trennte den kleinen Arbeitsraum vom Salon.

»Setz dich.« Sie deutete auf den Siebziger-Jahre-Stuhl, mit rotem Leder bezogen und Metallröhrenlehne. Ich gehorchte brav. Dann öffnete sie den Kühlschrank und zog eine Flasche Sekt aus dem Türfach. Mit einer geschmeidigen Bewegung schraubte sie den Verschluss ab, goss schweigend zwei Gläser ein, zog sich den Hocker unter den Po, steckte sich eine Zigarette an und sagte: »Prost!«

»WAS?« Marlene drückte ihre zigste Zigarette in den inzwischen schon übervollen Aschenbecher.

»Ich suche eine Frau für Marius.«

Meine Freundin runzelte die Stirn. Hallo? Hatte sie sich spritzen lassen? Die Stirn runzelte ja gar nicht richtig. Zwischen ihren zartrosa geglossten Lippen kam nur ein fast tonloses »Aha.« heraus.

»Ja, und ich dachte ... na ja ... also, wie findest du die Idee?« Man musste ja nicht mit der Tür ins Haus fallen.

»Blöd.«

»Warum?«

»Weil du niemanden findest!« Marlenes Finger glitten am Sektglasstiel auf und ab.

»Aber wieso? Marius ist doch gar nicht so schlimm. Er ist nicht hässlich und er kann sehr nett sein. Er hat viele gute Seiten.« Mein Gott, ich klang wie ein Teleshoppingmoderator, der versuchte, die 100-Prozent-Polyesterbettdecke zu verkaufen, obwohl er genau wusste, dass man durch austretende Gerüche die beschissensten Träume hatte und schwitzte wie ein Schwein. »Du kennst ihn doch, er ist gar nicht so schlecht. Er kann Hackbraten.«

Ernsthafte Zweifel überkamen mich. Er war doch kein Ladenhüter, oder? Was, wenn ich ihn gar nicht loskriegte? Was, wenn ihn keiner haben wollte?

»Du denkst also, ich finde niemanden für ihn?« Marlene schwieg. Zu lange. »O. k., das war zu lange.«

»Aber Liebes, sich zu trennen ist nicht so einfach. Und ihn einer anderen Frau zu schenken, das ist total bescheuert. Was, wenn du ihn nach ein paar Wochen wieder zurückhaben willst? Was, wenn er sich in die andere verliebt? Hast du darüber mal nachgedacht?«

Oh Gott, wieso musste sie immer so auf vernünftig machen!

»Ja, klar!«, rief ich laut aus. »Ich WÜNSCHE es mir, dass er sich verliebt. DAS ist der Plan!«

Babette steckte den Kopf durch den Vorhang herein: »Frau Paschek ist fertig.«

»Gut, ich komme.« Marlene nahm noch einen großen Schluck aus ihrem Glas und stand auf.

In die aufkommende Hektik hinein warf ich ihr meine großartige Idee schnell noch hinterher wie ein Ertrinkender, der mit einem gezielten Schlag ins Wasser versucht, ein letztes Mal den roten Styroporreifen zu ergreifen:

»Machst du's?«

Marlene drehte sich zu mir um. Sie sah mich sehr ernst an.

»Nein.«

8

Planungen für ein nicht ganz perfektes Dinner

Bis zwischen die Zähne bepackt mit vollen Papiertüten, die Kordeln als Tragegriffe hatten, schicke silberne geschwungene Markennamen trugen und auf den ersten Blick darauf schließen ließen, dass sich mein Schrank voller »Nichts anzuziehen« – Klamotten noch mehr füllen würde als sein Fassungsvolumen das laut Möbelkaufhaus zuließ, schob ich mich durch die Haustür. Es roch nach Hackbraten. Marius kam mir mit einer Schürze umgebunden entgegen, strahlte und nahm mir die Kordel der obersten Tüte aus dem Mund: »Na? Frustkäufe gemacht?«

Was sollte DAS denn?

»Hab heute eher Schluss gemacht und uns was Leckeres gekocht.«

»Hackbraten.«

»Erraten!«

»Wo ist Max?« Ich stellte meine Tüten ab und hängte die Jacke an den Haken.

»Bei Philipp.«

Philipp. Natürlich! Ich war ziemlich sicher, dass dieser Junge in seinem Gartenhäuschen Gras anbaute. »Ich mag nicht, dass er zu Philipp geht.«

»Mausi, er ist 15. Er darf sich seine Freunde selber aussuchen.«

»Selber aussuchen Ja, aber von der Polizeistelle abholen dürfen WIR ihn dann. Und hör mal mit dem blöden ›Mausi‹ auf.«

»Ja, Schatz.«

»Chrissy war ein bisschen traurig, dass du ihr nicht Tschüss gesagt hast.«

»Ich weiß, ich hab mich per SMS bei ihr entschuldigt.«

»Und? Hat sie dir geantwortet?«

»Nein, noch nicht.«

Ich zog die Schublade der Kommode auf und holte Chrissys Handy raus. »Sie dürfen auf Klassenfahrt keine Handys mitnehmen.«

»Oh.«

»Ja: ›Oh‹.«

Aus einer der Tüten kramte ich ein paar Haussocken heraus. Kamelhaarhaussocken. Die musste ich einfach haben. Ich habe immer kalte Füße. Auch im Sommer. Und Kamele haben bekanntlich keine kalten Füße. Außerdem waren diesen Socken Verstärkungen im Bereich der Sohle angenäht. Das machte sie stabil und haltbar, so boten sie perfekten Tragekomfort und waren gesund für die Füße. Ich liebte meine Kamelhaarhaussocken mit orthopädisch verstärkter Seitenführung.

Marius blickte schief auf meine Füße. »Was ist das?«

»Das sind Kamelhaarhaussocken.«

»Findest du die schön?«

Nein, aber superbequem. »Ja. Sehr«, erwiderte ich dennoch.

Marius ließ meine Begeisterung unkommentiert, was so viel hieß wie: Wenn Frau glücklich, dann Mann glücklich.

Wir setzten uns an den Esstisch. Hackbraten. Nett von ihm.

»Wie war dein Tag?«, fragte er interessiert.

Wie mein Tag war? War das eine Fangfrage? Als Mensch mit einem folgenreichen Geheimnis verfällt man schnell einem Verfolgungswahn.

»Gut.« Ach so, jetzt musste ich die Gegenfrage stellen. Ich wollte mich ja auf keinen Fall verdächtig machen. »Und deiner?«

»Auch gut.« Er schmatzte. Oh, wie ich dieses Schmatzen hasste. »Meine Eltern haben angerufen, sie wollen zu deinem Geburtstag kommen. Meinst du, wir können ihnen was Leckeres kochen?«

Hackbraten vielleicht? »Ja, klar. Ich mach uns ein paar Häppchen. Oder vielleicht Schweinehaxe.«

Ich hatte meinen runden Geburtstag in ein paar Wochen total vergessen. Nein, ich wollte ihn vergessen, aber Marius schaffte es immer wieder, mich daran zu erinnern. Und seine Eltern wollten mitfeiern. Wie nett. Sie beehrten uns doch sowieso schon jeden ersten Montag im Monat. Stockkonservativ, streng katholisch. Wenigstens würden wir uns nicht in Unkosten stürzen müssen, denn Horst war streng abstinent und Elisabeth gönnte sich nur an Festtagen ein kleines Likörchen.

»Nein, Mausi, das geht nicht, mein Vater kann doch nicht mehr beißen. Lieber was anderes.«

Ja, passierten Lamahoden. »Gut, ich mache Brokkoli-Cremesuppe, die Croûtons kann er ja raus fischen.« Marius blickte mich tadelnd an. Oh je, jetzt musste ich ganz vorsichtig sein. »Gut, keine Croûtons.«

Das hätten wir also geklärt. Ich trug die leeren Teller in die Küche. Himmel! Es hatte gekocht. Und wie immer, wenn ES kochte, sah die Küche anschließend aus wie nach einem siebengängigen »perfekten Dinner« und kurz vor der Aufzeichnung zu »Messies, wir retten Euer Zuhause«. Und wer durfte nach einem anstrengenden Shoppingtag dann noch sauber machen? Ich. Natürlich!

»Mausi ...« Marius trat hinter mich und legte seine Arme um mich. »Lass doch den Dreck ... wir haben doch nur noch ein paar Minuten ...«

Oh, nein. Er wollte doch nicht wirklich? Wir hatten doch einen Werktag, da machten wir es nie. Werktags konnte ich immer darauf zählen, dass ich meine Ruhe hatte.

Marius drehte mich zu sich herum. »Das hier musst du dringend ausziehen. Das ist ja ganz schmutzig.« Tatsächlich hatte ich einen Fettfleck auf meiner Bluse. Von seinen Händen. Er knöpfte sie mir auf.

»Ich mach das schon«, wehrte ich so liebevoll, wie es mir möglich war, ab und verschwand ins Bad. Marius kam hinterher.

»Und die auch.« Er zeigte auf meine hocherotischen braunen Kamelhaarwollsocken mit verstärkter Seitenführung.

Als ich meine Bluse in die Schmutzwäsche werfen wollte, fiel mein Blick auf seine Erdbeermarmeladenfleckcordhose NEBEN dem Wäschekorb. Immer warf er seine Wäsche NEBEN den Korb. Oder schlimmer noch: im Schlafzimmer VOR das Badezimmer! War das bei Männern eine Art Reviermarkierung? Marius fasst mir von hinten an die Brüste. Wie erotisch.

»Schatz, wir haben doch gestern erst.«

»Na und?«

Stimmt, es gab eine Zeit, da hatten wir uns zwei Mal am Tag gepaart. Mindestens.

Ich zog mir nun auch meine Haussocken von den Füßen und legte sie strategisch gut durchdacht vor die Badewanne. So konnte ich sie gleich nach der rituellen Waschung im Anschluss an die erledigte Begattung wieder anziehen, wenn ich wollte.

Marius roch. Aber nicht nach Veilchen. Während er an meinen Brüsten herum massierte wie an einem Mürbeteig zum Plätzchen backen, hatte ich genug Zeit zum Nachdenken. Wenn ich mich jetzt verweigerte, würde er womöglich auf den Gedanken kommen, dass irgendetwas nicht stimmte. Dann wäre mein ganzer schöner Plan für ein sorgloses UND freies Leben danach null und nichtig. Er durfte mich nicht verlassen. Und ausgerechnet heute eine Migräne-Ära zu starten, wo ich doch noch nie in meinem Leben Migräne hatte, wäre äußerst unklug gewesen.

Also los! Ich begann schneller zu atmen, das war für ihn immer das Zeichen, dass ich das Stadium höchster Ekstase bald erreichen würde und er dementsprechend auch zügig zum Höhepunkt kommen durfte.

Sechseinhalb Minuten später lagen wir schweigend nebeneinander im Bett. Na also, ging doch! Allerdings dachte ich noch immer an das Chaos in der Küche ...

Marlene meldete sich nicht. Es kam schon mal vor, dass wir wochenlang keinen Kontakt hatten, aber dieses Mal hatte sie möglicherweise einen Grund, mir weder eine SMS zu schicken noch mich anzurufen. Aber auf Facebook postete sie »Monday, Monday«. Das war so flach und bedeutungslos.

Was war das aber auch für eine blödsinnige Idee von mir gewesen, ausgerechnet meine beste Freundin als Mittel zum Zweck einspannen zu wollen. Auch, wenn es ein sehr guter Zweck war, zweifelsohne. Und für Charity-Projekte war Marlene sonst eigentlich immer offen. Hatte sie nicht im letzten Sommer erst eine Aktion »Haare schneiden für Obdachlose« angezettelt? Zugegeben, die war nicht sehr erfolgreich verlaufen, aber die Idee und das Engagement zählten. Jedenfalls musste und würde ich mich ihr erklären und mich entschuldigen. Post-it.

Aber zunächst musste ich erst einmal einige Vorkehrungen für das weitere Zusammenleben mit Marius treffen. Mein Mann musste langsam darauf vorbereitet werden, sich aus eigenem Antrieb nach anderen Frauen umzuschauen. Gleichzeitig aber wollte ich ihm das Gefühl geben, dass ich zu ihm stehe und wir eine funktionierende Ehe führten. Und noch ein paar andere Kleinigkeiten waren zu bedenken und zu erledigen.

9

»Liebe Seitenspringerin ...«

Den Rest der Woche verbrachte ich damit, alles für das Projekt »Mann zu verschenken« vorzubereiten. Als Erstes hackte ich in meinen Laptop: »Seitensprungagentur«. Blöd war ich ja nicht! Meinem allumfassenden Weltwissen nach soll es genügend Menschen geben, die außerehelichen Abenteuern rein körperlicher Natur zugeneigt sind. Dabei geht es nur um Sex und es werden keine weitergehenden Ansprüche geltend gemacht. Genau so etwas brauchte ich für meinen Zweck.

Mehrere Seiten von diversen Agenturen ploppten auf. Klangvolle Namen wie »Seitensprungagenturgesucht« und »Schattenliebe« buhlten mit riesigen Kussmündern und adretten, langhaarigen Models von nebenan um meine Aufmerksamkeit. Ich bewarb mich bei LOVETOGO unter dem Namen ...

Ja, unter welchem Namen eigentlich sollte ich mich hier anmelden? Mein Blick streifte durch den Raum. Das einzige, was mir ins Auge fiel und nicht »Stadtwerke« oder »Rechnung« hieß, war das Buch, das unter den meist überfälligen Überweisungen hervor lugte: »Alsterperlen küssen nicht«. Gut. Damit hatte ich mein virtuelles Alter Ego: Peter Alster.

»Ich suche eine nette Frau für außereheliche Abenteuer. Ich bin 48 Jahre alt, Zahnarzt und liebe ...« Ja, was liebte Marius? Hatte er Hobbys? Außer Kochen. Ich grinste breit. »... und liebe die Natur, Sport und romantische Sonnenuntergänge.«

Das Grinsen in meinem Gesicht wurde breiter. Das hörte sich richtig gut an. Aber auch zu gut. Das glaubte mir doch kein Mensch. Schon gar nicht eine Frau. Und überhaupt: Was, wenn er sie traf und sie anfing, von der Agentur zu quatschen und so weiter. Dann flog alles auf. Mist. Denkfehler.

»Liebe Seitenspringerin. Ich suche ein sexuelles Abenteuer für meinen Mann. Er ist 48 Jahre alt und ganz nett. Er sieht auch nicht so schlecht aus. Im Bett ist er auch ganz o. k. Auf jeden Fall will und kann er immer. Bitte melde dich unter meinem Chiffre ›Mann to go‹.« Passfoto von ihm hochgeladen, copy paste. Send. Pfft.

10

Wenn Du mich so überfällst ...

Die erste, die meine Veränderung mitbekam, war Chrissy. Max hätte nicht einmal bemerkt, wenn ich mit einem Känguruschwanz und Schweinsnase herumgelaufen wäre. Aber die Reaktion meiner Tochter, nachdem sie mit ihrer Reisetasche durch die Tür getreten war, ließ eindeutige Schlüsse zu, dass etwas nicht stimmte: »MAMA!« Ihr Blick wanderte von meinem Oversized T-Shirt an mir hinunter, vorbei an meiner alten Meditationsleggings bis hin zu meinen Crocs und wieder hinauf zu meinem leicht strähnigen, zurückgebundenen Haar. »Was ist denn mit dir los?«

Ach halt die Klappe, meine süße, schöne, liebe Maus und lass dich drücken. Huch, schielte mich da ein Pickel unter dem Pony an? Ihr erster PICKEL! Oh mein Gott, sie wurde erwachsen. Wir müssen Tampons kaufen gehen, ich muss ihr alles über Verhütung erklären und ihr schonend beibringen, dass Männer sich von nun an nicht mehr für ihren Intellekt interessieren werden.

»Schön, dass du wieder da bist! Wie war's?«

»Ganz o. k. Bin froh, wieder zu Hause zu sein.«

Oha. Das klang jetzt nicht gerade nach der abgefahrensten Woche ihres Lebens. Darüber musste ich mich unbedingt näher mit ihr austauschen. Post-it.

»Kann ich noch zu Caro?«

»Aber du bist doch gerade erst nach Hause gekommen!«
»Ich weiß, ich war dabei.«
Hallo? Hat jemand meine Chrissy ausgetauscht? Kann ich bitte mein altes Mädchen wiederhaben?
»Bleibst du nicht zum Essen?«
»Kein Hunger.«
»Na gut, aber sei um acht wieder da.«
»Mh.«
Zum Glück hatte mich Max schon seit Längerem darauf vorbereitet, dass pubertierende Jugendliche durch den Gebrauch von einzelnen Silben kommunizieren können. Dass diese Art der Konversation bei Erwachsenen zeitweise auf Missfallen trifft, ist für sie dagegen völlig unverständlich.
»Was heißt ›Mh‹?«
»Mh heißt Mh.«
»Also bist du um acht zurück. Papa kommt gleich und möchte dich bestimmt nachher sehen.«
»Bestimmt. Also: Tschü.«
»ss.« Aber da war sie schon durch die Tür.

»MAUSI!« Ich empfing Marius mit einem Kuss auf den Mund. Dann schwebte ich in meinen Crocs in die Küche und rief mit Engelsgesang:
»Essen ist fertig!«
Marius legte ab und kam ins Esszimmer. »Was gibt's denn?« Eine leichte Verwunderung durfte er schon empfinden, aber nicht zu sehr, dann müsste ich zurückschrauben.
»Gemüsepizza!«, flötete ich aus der Küche und es gelang mir irgendwie, dass es so klang, als sei es Ente à l'orange mit Apfelrotkraut.
Erwartungsvoll faltete Marius seine Serviette auf. Ich schwebte mit zwei Tellern herbei, stellte einen davon vorsichtig vor seine

Nase und schob ihn liebevoll bis zur Tischkante. So gehört sich das nämlich in guten Restaurants.

»Tiefkühlpizza?«

»Verdura-Funghi«, bestätigte ich süßlich lächelnd, als ob man die dunkelbraunen, schlaffen Pilze nicht als klebrige Masse auf der viel zu kurz gebackenen Pizza erkennen würde. »Du liebst doch ›Funghi‹.«

»Ja, bis zu meiner Pilzvergiftung vor zwei Jahren.«

»Oh, nein, das habe ich total vergessen.« Ich versuchte so überzeugend wie möglich zu klingen. »Aber das hier sind doch industriell gezüchtete Pilze. Die sind in Ordnung.«

Zu Demonstrationszwecken pickte ich eine erschossene Pilzscheibe mit meiner Gabel auf. Würg. Pilzschleim. Ich brauchte für eine gewisse Aversion gegen schleimige Konsistenzen im Gegensatz zu ihm nicht erst eine Pilzvergiftung. Alles, was der Beschaffenheit eines halbgaren Eiweiß ähnlich kam, blieb üblicherweise automatisch vor meinem Zäpfchen hängen. Aber damit er sah, wie gut ich es mit ihm meinte, schluckte ich das Zeug brav herunter. Und lächelte.

Marius lächelte auch, nahm das Messer und versuchte, die Pizza zu achteln. War ich mit einem stumpfen Schneidegerät zu weit gegangen? Er drückte die Pizza mit dem Messer auseinander, der Belag trennte sich dabei vom Teigboden und das, was auf dem Teller nun zum Verzehr bereit war, sah aus wie der Spot auf die Details einer Bauch-OP in einer drittklassigen Fernsehserie.

»Oje«, bemitleidete ich ihn aufrichtig unaufrichtig.

Er begann zu essen. Aber nach dem ersten Bissen, legte er die Gabel weg und griff mit der bloßen Hand eine große Portion Teig-Funghi-Masse und stopfte sie in sich hinein. Die Geräusche, die er dabei machte, übertrafen alles, was ich bei »Bauer sucht Frau« je gesehen und gehört hatte. Ich würgte.

Marius schmierte sich die Pizza nicht nur in den Mund, sondern auch daneben – und die Hälfte fiel auf sein Hemd. Plötzlich verschluckte er sich und begann zu husten.

Da wachte ich wieder auf. Mein Mann saß ganz normal vor seiner säuberlich geteilten Pizza und aß manierlich ein Stück nach dem anderen. Schweigend.

Ich kannte solche Tagträume bisher nicht von mir, aber ich musste feststellen: Sie bereicherten mein Leben ungemein. Bitte mehr davon.

Als die Pizza verdrückt war, war er bereit für Stufe zwei: Sex anbieten. »Chrissy kommt erst in zwei Stunden und Max ist beim Handball«, erklärte ich.

Ein wenig Verwunderung auf seiner Seite angesichts der erneuten Paarungsbereitschaft seines Weibes innerhalb von nur wenigen Tagen machte sich zwar kurzzeitig bemerkbar, verschwand aber so schnell, wie sie aufgekommen war. Um meinem eigentlich unmissverständlichen Wink noch Nachdruck zu verleihen, setzte ich mich auf seinen Schoß und drückte meinen Po mit leichtem Druck und sanften Bewegungen beiläufig, aber eng genug an seinen Schritt. Die aufkommende Schwellung signalisierte mir, dass er nun an andere Dinge dachte als an das ungewöhnliche Verhalten seiner Gattin.

Ich schob meine Hand unter meinen Po zwischen seine Beine und massierte sanft das Fleisch, das sich gerade mit Blut vollpumpte. Das sollte genügen. Tat es auch. Knutschend wie in einem Kitschfilm der 80er-Jahre lenkte er mich ins Schlafzimmer. Dort zog er mir sofort das T-Shirt über den Kopf. Dazu musste er mich kurz loslassen. War das Sabber an seinem Mundwinkel? Doch dann erntete ich die Früchte meiner detailverliebten Vorbereitung. Ich stand vor ihm in einem fleischfarbenen Stütz-BH und einer hässlichen, fleischfarbenen Unterhose, auf die ich aus Liebe zum Detail mittig zwischen meinen Schenkeln einen undefinierbaren, weißlich gelben kleinen Fleck designt hatte. Eine Woche hatte ausgereicht, damit meine Schambehaarung seitlich der Unterhose aus den Rändern lugte – und das »Nicht-Duschen« machte sich jetzt auch leicht bemerkbar. Vor allem aus meinem Schritt stiegen unangenehme Wolken auf.

Marius wich zurück. Gut, ich hätte vielleicht die eine oder andere Feinheit weglassen können, aber ich leide seit jeher schon unter krankhaftem Perfektionismus. Es muss immer alles stimmen. Und sooo schlimm war das jetzt ja auch wieder nicht. Fand ich.

»Was ...«, stammelte mein Hengst.

»Na ja, wenn du mich so überfällst ...«, lächelte ich ihn an.

Gut. Jetzt musste ich in Phase drei übergehen: Sex haben. Ich kniete mich vor ihn und knöpfte langsam seine Hose auf. Was da zum Vorschein kam, war, sagen wir mal: schockgefrostet – übersichtlich. Gut. Sehr gut.

»Hm.« Ich sah Marius aus meiner knienden Position mit traurigen, großen Rehaugen an. Das saß. Dann wandte ich mich wieder dem kleinen Patienten zu, der nun ein bisschen Aufmerksamkeit erforderte. Marius konnte mein Gesicht jetzt nicht sehen, zum Glück, denn ich konnte mir ein zufriedenes Lächeln nicht verkneifen. Aber Vorsicht. Bei all diesen Anfangserfolgen durfte ich nicht das Hauptziel aus den Augen verlieren. Trennung von Tisch und Bett, aber nicht vom Geld. Und Sex ist und bleibt nun mal der unumstrittene Testsieger unter den Mitteln, einen Mann zu halten. Guter Sex. Ach herrje, dafür müsste man mal miteinander reden. Nur mal um anzumerken, was MIR gefiel. Was IHM gefiel, wusste ich ja. Das war einfach. Rein-raus-rein-raus.

Also ertrug ich die Geister, die ich mit meinen Beckenbewegungen und schließlich unterstützend mit meinem Mund gerufen hatte, mit Würde. Auf Dauer war das aber keine »befriedigende« Lösung für mich. In keiner Hinsicht. Entweder, ich verschaffte ihm tatsächlich bald ein lebendiges Spielzeug, mit dem er sich statt meiner beschäftigen konnte, oder ich musste weiterhin selber herhalten. Ich würde ihn ja nicht für ewig von der Bettkante in den Abgrund des schmerzhaften Sexentzugs stürzen können. Das verkraftete kein Mann. Irgendwann würde er sich auf »Nichterfüllung der ehelichen Pflichten« berufen, sich scheiden lassen und mich zur armen Kirchenmaus machen. Vorerst musste ich also weiterhin selbst die Beine zum Spagat spreizen. Während ich diesen Gedankengang abschloss, war er auch schon fertig. Nur fünfzehn Minuten später. Danke.

11

Ritter kennen keine Schmerzen

Kommen wir zu Phase vier: »Schahatz, kannst du bitte die Toilette reparieren? Die Spülung läuft und das Ding ist verstopft. Ich kann das nicht anfassen.«

»Hm, ich wollte eigentlich noch mein Seminar zu ›Psyche dentalphobischer Patienten‹ nacharbeiten. Morgen kommt Hermann Vanstetten, du weißt schon, dieser Politmoderator, und der ...«

Wie interessant. »Jaja, aber zuerst solltest du dich WIRKLICH um sanitäre Patienten kümmern.«

Klimper, klimper. Hätte ich zu diesem Zeitpunkt Mascara getragen, hätte mein Augenaufschlag noch voluminöser gewirkt, aber das wäre kontraproduktiv im Hinblick auf das Gesamtvorhaben gewesen. Diese Bitte war gut platziert, nachdem ich Marius bei seinem »kleinen Spannungsproblem« mündlich aus der Patsche geholfen und ihm danach meinen wundervollen Körper hingegeben hatte. So hatte er das Gefühl, so etwas wie eine Schuld einlösen zu müssen. Sich bedanken zu müssen oder so. Und weil es für sein Empfinden ja augenscheinlich gerade besonders gut lief zwischen uns, waren häusliche Honeydos geradezu eine ritterliche Selbstverständlichkeit. Er verschob also tatsächlich seine WICHTIGE Nacharbeitung des Seminars und spielte entschlossen den heimischen Helden.

Ich folgte ihm ins Badezimmer, um sofort mit Witz und Charme eingreifen zu können, sollte er meine ausgefeilte handwerkliche Manipulation am Wasserkasten bemerken. Hey, ich war wirklich gut. Nur mein abgebrochener Fingernagel schwamm verräterisch an der Wasseroberfläche neben dem Schwimmer.

»Was ist das denn?«, brummte Marius, fischte den Nagelbruch heraus und legte ihn auf den Waschbeckenrand. Dann beugte er sich wieder über den Spülkasten und wühlte in dessen Innerem.

Dieses orientierungslose Wühlen kam mir irgendwie bekannt vor. »Was machst du da?« Als ob ich das nicht wüsste.

»Ich reparier erst mal die Spülung. Damit es nicht weiterläuft.«

»Aha.«

»Der Schwimmer ist undicht.«

Echt? »Komisch.« Gar nicht komisch. Handwerkliche Begabung.

Mein Blick verfing sich an Marius Po, den er mir der Natur der Sache gemäß entgegenstreckte. Nun widmete er sich planmäßig der Verstopfung. Dazu musste er natürlich seine wertvolle Zahnarzthand vor Verschmutzung schützen, aber – was für ein Zufall – die Gummihandschuhe waren leider im Waschbeckenschrank nicht zu finden.

»Warte, ich hole dir eine Plastiktüte.«

Wenige Sekunden später reichte ich ihm den versprochenen Handschuhersatz. Merke: Eine Plastiktüte kann man mithilfe eines Bügeleisens so präparieren, dass sie zwar so aussieht, als sei sie dicht, bei leichtem Druck auf die Nahtstelle aber auseinander platzt.

Bis zum Ellbogen steckte Marius nun mit dem Arm im Fäkalienrohr und schimpfte leise vor sich hin: »Wenn Chrissy wieder ihre Haare da reingeworfen hat, dann schneid ich sie ihr höchstpersönlich ab!«

»Ist das denn wirklich so schwer zu reparieren?«

»Willst du es mal versuchen?«, grunzte es aus der Keramikschüssel zurück. Das war ja wohl rhetorisch gemeint!

Statt hierauf zu antworten, pickte ich den Nagelbruch mit spitzen Fingern vom Waschbeckenrand auf, trat zu dem Badezimmermülleimer für Kleinstabfälle wie Wattestäbchen, Wattepads, bestenfalls noch leere Zahnpasta-Tuben, und öffnete den Deckel mit einem Tritt auf den Öffnungshebel. Kreisch. Mir eröffnete sich ein Anblick haushaltlichen Grauens. Es war ja wirklich schön, wenn mein Mann seine Hemdenverpackungen selbstständig wegwarf und sich auch endlich von Socken trennen konnte, die inzwischen wie Fischernetze aussahen. Aber doch nicht in diesen winzigen Badezimmermülleimer! Und weil alle anderen in unserem gemeinsamen Haushalt sich ebenfalls noch nie mit dem Mülltrennungsproblem befasst zu haben schienen, wurden Zahnseide, Wattestäbchen und ausgekämmte Haarbüschel aus der Bürste so lange neben die Socken und den Großmüll gestopft, bis über den Deckelrand all das heraushing, was zartbesaiteten Zeitgenossen – wie mir zum Beispiel – Herpesbläschen an die Lippe tackerte.

Ich sah Marius' Hintern groß und einladend vor mir. Wütend versetzte ich ihm einen kräftigen, gezielten Tritt, er verlor das Gleichgewicht, seine Hand rutschte von der Klobrille und sein Kopf landete in der Schüssel, nicht ohne vorher mit seiner Wange an der Brille zu bremsen. Dann zog ich die Spülung.

»Aaah ... Scheiße!« Marius riss seinen triefenden Arm fluchend aus dem Rohr und mich damit aus meinen wunderschönen Tagträumen. Die Tüte hing in Fetzen über seiner bräunlich gefärbten Hand. Seine Kleidung stank fürchterlich und Klärgrubenduft breitete sich im Badezimmer aus.

»Iiih, das musst DU aber waschen!«, stöhnte ich und verließ pikiert, insgeheim aber höchst zufrieden den Raum.

12

»Ich hab gar nix gemacht!«

»Hallo?«, begrüßte ich Chrissy, die um halb neun ins Haus geschlichen kam. »Es ist halb neun.«

»Weiß.«

»Acht war ausgemacht.«

»Ja, sorry.«

Was konnte man so einer herzlichen, ehrlich gemeinten Entschuldigung entgegensetzen?

»Papa ist im Arbeitszimmer, sag ihm kurz ›Hallo‹.«

Unsere Tochter ging gehorsam an der offenen Tür des Arbeitszimmers vorbei, rief »Hallo« hinein und verschwand in ihrem Zimmer.

»War das alles?«, rief ich hinterher.

»Muss noch Mathe machen.«

Mathe. Aha. Unmittelbar nach einer Klassenfahrt. Wie schön, dass mich hier alle für grenzdebil hielten. Ich musste unbedingt mit ihr reden. Sobald ich meine Nachrichten von der Seitensprungagentur gecheckt hatte. Lange konnte das nicht in Anspruch nehmen. Welche Frau war schon so blöd und nahm einen abgelegten Mann, mit dem offensichtlich derart etwas nicht stimmte, dass er außereheliche Turneinheiten brauchte.

Login. Peter Alster. Passwort: Manntogo. Enter. Der Bildschirm füllte sich mit winzigen Fotos. Vielleicht hätte ich bei der Eingrenzung der Wünsche ein bisschen wählerischer sein sollen. Ich hatte ja keine Ahnung, dass es so viele willige Frauen gab. Um einen besseren Überblick zu bekommen, verfeinerte ich meine (seine) Suchkriterien. Ich öffnete die Suchmaske, in der man nur das Gewünschte anklicken musste. Suche: Figur – sportlich bis weiblich. Alter – 25 bis 45. Haarfarbe – egal. Größe – egal. Nationalität – egal. Familienstand – egal. Sexuelle Vorlieben – ... Hm, schnell und oft? Ich klickte auf »egal«. Kurz runzelte sich meine Stirn bei dem Gedanken, dass mein Mann auf wildfremden, sexgeilen, willigen Frauen herumturnen sollte. Aber »egal«! Send.

»Hi Mom.« Max guckte durch die Wohnzimmertür, aber nur soweit, dass ich nicht in die Verlegenheit kam, näher auf ihn einzugehen. Ein kurzer Blick auf die Uhr. Halb zehn.

»Wie war dein Spiel?«, rief ich ihm in die Küche nach, irgendwie in der Hoffnung, er würde mir die Wahrheit sagen, wo er sich so lange herumgetrieben hatte.

Aber mein Sohn wusste nur zu gut, was er antworten musste, um mich in Sicherheit zu wiegen: »Gewonnen. Wir haben bei Holger noch gefeiert.«

Holger war ein lieber Junge. Er spielte mit Hingabe Klavier, war einer der Klassenbesten und seine Mutter engagierte sich in der Elternpflegschaft. Auf ihre Rundmails zu Klassenfeiern oder Elternabenden antwortete ich immer freundlich und bedankte mich höflich für die Information. Ich fand diese Frau großartig, denn dank ihres Einsatzes blieb es mir erspart, mich bei Elternabenden unter dem Tisch zu verstecken, wenn ein neuer Elternsprecher gesucht wurde.

»Schick mir nächstes Mal eine SMS, wenn du später kommst, ja?« Das waren die Worte einer guten Mutter, die ihr pubertierendes Kind nicht unter Druck setzt und ihm dennoch Ich-Botschaften endet: »Sonst mach ich mir Sorgen.«

»Mama ...« Ich war mir sicher, dass er eigentlich sagen wollte: »Mama, ich bin doch kein Kind mehr. Mama, ich bin schon fast 16. Mama, du bist voll peinlich« usw. Stattdessen jedoch beschränkte er sich auf ein müdes: »... ja gut.«

MOOOMENT! Wenn ich eines in dem der »Brigitte« beiliegendem, zehnseitigen Erziehungsratgeber für 12- bis 16-Jährige gelernt hatte, dann, dass etwas nicht stimmte, wenn Pubertierende ihren Eltern ohne Widerworte zustimmten. Ich klappte meinen Laptop zu und ging zu ihm in die Küche. Max wollte sich gerade mit seinem Wurstbrot in sein Zimmer davonmachen.

»Warte mal.« Er drehte sich an der Tür mehr oder wenig entschlossen um. Oha, ich kannte diesen Blick. Diesen Blick hatte ich zum ersten Mal gesehen, als er mit acht Jahren vom Nachbarn nach Hause gebracht wurde, den selbstgebastelten Bogen in der Hand und Kriegsbemalung im Gesicht. Jetzt stand er fast genauso vor mir. Statt des Bogens ein Wurstbrot in der Hand und statt der Farbe im Gesicht einen Pubertätspickel. Der Blick sagte mir so unschuldig wie nur der gestiefelte Kater von Shrek es vermag: »Ich hab gar nix gemacht«.

»Hast du geraucht?« Meine Augenbrauen hoben sich. Ich schnupperte in seine Richtung.

Seine Augen wurden noch unschuldiger: »Mom, die anderen haben geraucht. Das sind nur meine Klamotten.«

Ich holte Luft für eine Gardinenpredigt, die ich mir ausgedacht hatte, als er acht war – für den Fall, dass er irgendwann anfangen wolle zu rauchen. So von wegen »Rauchen deutet darauf hin, dass du aus einer niederen Gesellschaftsschicht kommst, Rauchen ist teuer, Rauchen stinkt, Rauchen tötet«. Natürlich hatte ich ihm verschwiegen, dass ich bis zu seiner Geburt selber geraucht hatte. Jetzt war es also so weit. Max sah mich erwartungsvoll an. Genauso erwartungsvoll, wie man sich in das Auge eines Orkans stellt und weiß, dass es jetzt gilt, Augen und Ohren zu schließen und abzuwarten, bis der Orkan weitergezogen ist.

Es würde keinen Sinn haben. Ich war zwar bereit ein Orkan zu sein, aber was nützte das, wenn das Opfer bereit war sich zerfetzen zu lassen.

»Häng sie auf den Balkon zum Lüften.«

Kaum war Max verschwunden, stieß ich die Tür zum Arbeitszimmer meines Mannes auf. Marius notierte gerade etwas auf das Deckblatt seines Vortrags über »Die Psyche des Patienten«. Irgend so ein Esokram halt.

»Max raucht.«

Marius hob seinen Blick über den Monitor und sah mich an: »Warum?«

Von allen möglichen Reaktionen, die ein Vater auf solch eine Information geben konnte, war das diejenige, auf die ich am wenigsten vorbereitet war. Verwirrt wiederholte ich: »Warum???«

»Ja. Warum macht er das? Von uns raucht doch keiner.«

Nun war ich endgültig davon überzeugt, dass Marius viel zu viel Zeit über giftigen Dämpfen von trocknenden Zahnabdrücken verbrachte.

»Marius, er raucht und lügt mich an!«

»Ja.« Marius überlegte, »... vielleicht sucht er nach Aufmerksamkeit.«

Das schlug doch dem Fass den Boden aus! Als ob ich meine Kinder vernachlässigen würde!

»Willst du damit sagen, dass ich mich nicht genügend um die Kinder kümmere???« Kleine, weiße Dampfwölkchen schnaubten aus meiner Nase.

»Nein, nein. Aber vielleicht könntest du ja mal ein bisschen mehr ...«

»Was? Mehr WAS? Mehr Hausaufgaben mit ihnen machen? Mehr Schuhe zubinden? Mehr Nachputzen beim Zähneputzen? Gibst du MIR jetzt die Schuld?«

»Nein, aber sich gegen seine Eltern aufzulehnen, hat doch meistens damit zu tun, dass etwas in der Beziehung zu ihnen nicht stimmt.«

Wie zur Bekräftigung seiner These legte er seine Hand auf die »Die Psyche des Patienten«.

Rumms! Hinter mir knallte die Tür in die Zarge.

Chrissy lugte aus ihrem Zimmer. »Alles o. k.?«

»Ja, Schatz, alles gut.« Die Wahrheit hätte sie nicht verstanden.

13

»Ja, ich will ...«

Wütend ließ ich mich aufs Sofa fallen. Der Laptop lag noch auf dem Couchtisch. Wie hatte ich mich auch nur ansatzweise dazu hinreißen lassen können, ihm meinen wundervollen Körper hinzugeben! Und ihm auch noch einen ORGASMUS vorzuspielen! Idiotin!

Wo war ich stehen geblieben? Ich klappte den Laptop auf. Die Seite war noch geöffnet. Vom Bildschirm grinsten mich fein säuberlich aufgereiht die vierzehn Frauenbildchen-Thumbnails an. Auch Bildchen von Busen und Hintern. Musste ich die jetzt alle angucken? Und die beste Kandidatin auswählen?

Aber welche war die beste? Woran sollte ich mich bei der Auswahl orientieren? Fester Busen? Lange Haare? Sportliche Figur? Gepflegt? Ach Gottchen, da beschrieb ich ja MICH!

Klick. Das erste Bildchen führte mich weiter auf eine Profilseite mit einem verschwommenen, großen Foto. Daneben in unübersehbaren Lettern: Sie wollen das ganze Profil sehen? Hier geht's zur Registrierung. Drei Monate 129,90 €. In Klammern: »Sie können bei der Überweisung unter folgenden Verwendungszwecken wahlen: Fachliteratur, Computerzubehör ...«

Conny, 44, steht auf Brusthaare und mag es hart und fest. Die wäre doch schon mal was. Conny war blond und hatte ein rundes Gesicht. Kleidungsstil konnte man nicht erkennen, sie war nackt. Zumindest bis zum Bauchnabel. Es schien recht warm gewesen zu sein bei der Aufnahme. In der einen Hand hielt sie ihre Brust und zwischen den Fingern lugte die Warze heraus. Sie wollte wohl ein wenig ihre Blöße bedecken. Die andere Hand schien außerhalb des Bildausschnittes etwas ganz anderes zu machen. Zumindest suggerierten das ihr Gesichtsausdruck und ihre halb geöffneten Lippen. Die war doch gut. Bei Hobbys stand: Lecken, blasen, anal, Sekt und Kaviar. Hm, das sind zwar keine Hobbys im herkömmlichen Sinn, und von Lieblingsspeise stand auch nichts in der Frage, aber jeder Jeck ist ja anders.

Okay – Kontaktaufnahme: »Hallo Conny. Vielen Dank für Ihr Interesse an meinem Mann. Laut Ihres Profils könnte ich mir gut vorstellen, dass Marius (mein Mann) physisches Interesse für Sie entwickeln könnte. Könnten Sie sich vorstellen, ihn unverbindlich zu treffen? PS: Ich bitte um absolute Diskretion. Er darf auf keinen Fall davon in Kenntnis gesetzt werden, dass ich das arrangiert habe. Und reden Sie nicht so viel, das mag er gar nicht. Und rauchen Sie nicht in seiner Gegenwart. Zeigen Sie sich unbedingt unabhängig. Liebe Grüße, Bea.«

Fünf Sekunden später pingte ein Fenster auf. Conny möchte mit dir chatten. »Wann können wir uns treffen?«

Ich war mir nicht ganz sicher, ob sie mich verstanden hatte und was sie mit »uns« meinte. Außerdem war ich gar nicht auf eine so unvermittelte Reaktion vorbereitet gewesen. Das ging mir jetzt doch ein bisschen zu rasch voran.

Ich tippte: »Hallo Conny, mein Mann arbeitet tagsüber als Zahnarzt in seiner Praxis. Vielleicht wäre es am besten, wenn Sie ihn sich dort mal als Patientin ansehen. Sind Sie privat versichert?« Send.

Einige Minuten passierte gar nichts. Ich starrte auf meine letzten Worte. »Sind Sie privat versichert?« Warum habe ich nicht gleich geschrieben, dass ich meine Nachrichten aus einer geschlossenen Anstalt verschicke?

Ping. »Ich habe eine private Zusatzversicherung. Wo ist die Praxis deines Mannes?«

Oh. Da war sie wieder. Irgendwie mochte ich ihre trockene Art. Marius würde das auch gefallen. Er stand auf Frauen, die minderschnörkelig waren.

»Am Medusenring 4. Zahnarztpraxis Dr. Marius Puhlmann und Kollegen. Er weiß aber nichts von alledem!«

»Ich weiß, das habe ich schon verstanden. Es gäbe noch die Möglichkeit, ihn durch einen Alibianruf von der Agentur direkt von dir zu Hause abzuholen. Abends.«

»Nein, nein, Praxis ist schon o. k.« Ich wuchs über mich hinaus.

»Willst du das wirklich? Ich meine, nicht dass ich dann Probleme mit dir bekomme.«

Jetzt kommt die mir mit dem Moralischen. Ein Geräusch aus dem Arbeitszimmer ließ mich zusammenzucken. Ich hörte Füße über den Boden schlurfen. Marius' Füße. Konnte er seine Füße nicht heben? Schlurf, schlurf. Sie schlurften ihn ins Badezimmer. »Ich geh ins Bett.« Gut Nacht.

»Ja, ich will es!« Send.

»Gut. Danke.« Conny hat den Chat verlassen.

Danke? Der Laptop schloss mit einem hörbaren »Klack«. Eine unheimliche Stille legte sich über den Nachhall der Spülung, die Marius im Bad gezogen hatte.

14

Eine fürsorgliche Gattin

Montag. 6:45 Uhr. »Flieger, grüß mir die Sonne, grüß mir die Sterne und grüß mir den Mooond ...« Sobald Marius damit beschäftigt sein würde, seine zukünftige Affäre zu vertuschen: Neuen Wecker kaufen! Post-it.

Was wusste ich denn schon von dieser Conny? Dass sie eine private Zusatzversicherung hatte, gerne Kaviar aß und wild auf Sex war. Wenn sie als Patientin bei Marius auftauchen würde, könnte ich sie gar nicht beobachten. Ich würde nicht sehen, wie er reagiert oder wie sie aussieht. Oder was da ... zwischen den beiden läuft.

Marius war heute früher in die Praxis gefahren, weil sich dieser dentalphobische Moderator angekündigt hatte. Er machte immer viele Umstände mit seinen Promis. Für sie war er Psychiater, Finanzberater, Fußballsachverständiger und Häuslebauer. Marius stellte sich individuell auf jeden neuen prominenten Patienten ein. Für Frau »Boulevard« las er Gala und BUNTE, für Monsieur »Chef de la Cuisine« klebte er sich drei Sterne auf die Stirn und für Mr. Schwergewichtsboxer lernte er bis Zehn zu zählen. Das gefiel denen, ließ unseren Geldbeutel klingeln und seinen Ruf bis weit über die Grenzen Kölns hinaus erschallen. Einmal lag sogar ein Scheich aus Dubai auf seinem Behandlungsstuhl. Dessen zwei Lieblingsfrauen sollten während der Behandlung bei ihm sein und Händchen halten.

Also ihm. Nach zwei Stunden war der Patient aus 1001 Nacht einen schmerzenden Zahn los und aus den Mäulchen seiner Mädels grinsten frisch gebleichte Beißerchen.

Auch für die besten Hotels der Stadt war Marius DIE Anlaufstelle Nummer eins. Was ab und zu dazu führte, dass er spätabends oder am Wochenende noch mal schnell ein Zähnchen ziehen oder ein Löchlein mit kostbarem Inlay füllen musste. Diese Extratermine waren für mich ein Segen. Erstens war Marius aus dem Haus, zweitens kam er nach getaner Arbeit bestens gelaunt nach Hause und ich konnte am nächsten Tag noch besser gelaunt shoppen gehen.

Wenn er weg war und die Kinder in der Schule, begann ich das Haus zu putzen. Das macht man so, wenn man erst mal nicht weiß, was man machen soll, und keine Putzfrau hat. Bei Marius einen Termin zu kriegen war schwierig. Das konnte Wochen dauern. Vielleicht hätte ich Conny noch mal darauf hinweisen müssen.

Plötzlich hatte ich Sehnsucht nach Marlene. Ich fühlte mich so allein. Sie war immer für mich da gewesen, wir hatten immer alles bequatscht, vor allem, was Männer, Sex und Liebe betraf. Früher schwammen wir in Seen von Rotwein und legten gedanklich alle Kerle flach, die ansatzweise in unser Beuteschema fielen. Obwohl Marlene sich aus »gedanklich« nicht viel machte.

Ob ich ihr eine SMS schicken sollte? Aber was sollte ich denn schreiben? »Süße, ich habe jetzt eine Agentur gefunden, die mir eine Frau für Marius sucht. Ist das nicht toll?« Normalerweise wäre das ein Thema für uns gewesen, mit dem wir wochenlang die spaßigsten Abende gehabt hätten. Aber ihr »Nein« auf meine vorsichtige Anfrage war so kategorisch gewesen, dass ich mich nun schmutzig und böse fühlte. Ja, ich war ein böser Mensch. Was hatte meine Mutter immer gesagt?

»Versuch immer, das Positive zu sehen.« Gut. Positiv war, dass ich bald einen sehr beschäftigten Mann hätte, der aufgrund seines schlechten Gewissens alles für mich tun würde; ich würde ein Leben im goldenen Käfig genießen. Mit weit geöffneter Käfigtür.

Das würde zwar noch ein wenig dauern, aber inzwischen konnte ich schon mal akzentuiert daran arbeiten, dass mein Gatte ein wenig offener werden würde für potenzielle außereheliche Intermezzi.

»Hallo Annemarie, könnte ich bitte meinen Mann sprechen?«

»Aber Frau Puhlmann, der Doktor hat gerade einen Patienten«, quietschte sie in den Hörer. Ich war mir noch nie sicher gewesen, ob ihre piepsige, dünne Stimme sich gut für den Empfang eignete. Aber Marius mochte sie, weil sie so schön devot war und ihn bewunderte.

»Ich weiß, deswegen erreiche ich ihn ja auch nicht auf dem Handy.«

»Äh ...«

»Geben Sie ihn mir bitte?«

»Moment.«

Jetzt würde sie ins Behandlungszimmer gehen, um von Marius zu hören, dass er gerade nicht könne.

»Frau Puhlmann?«

»Ja.«

»Ich soll Ihnen ausrichten, er ruft sie später zurück.«

»Wann?«

»Äh, Moment.«

Die gute Annemarie würde erneut ins Behandlungszimmer stapfen und von ihrem Chef leicht genervt die Antwort erhalten: »Wenn ich hier fertig bin.« Möglicherweise würde er auch kurz darüber nachdenken, dass Annemarie in der Probezeit ohne Angabe von Gründen mit sofortiger Wirkung entlassen werden konnte.

»Frau Puhlmann ...«

»Ja?«

»Ihr Mann lässt ausrichten ... in einer halben Stunde.«

Wenn sie sich da mal nicht zu weit aus dem Fenster gelehnt hatte.

Eine Stunde später. Mein Handy tirilierte. Das war mein spezieller Klingelton für Marius. Tirilii. So ein Schnickschnack. Ich würde nie wieder für einen Mann einen eigenen Klingelton speichern. Post-it.

»Brauchst du das neue blaue Hemd heute Nachmittag?«

»Deswegen rufst du mich an?«, hörte ich Marius am anderen Ende durch die Nase schnauben.

»Ja, weil ich es dann jetzt bügeln würde.«

Das Schweigen in der Leitung war Balsam für das Teufelchen auf meiner Schulter.

»Es ist doch sowieso neu.«

»Ja. Aber ich hab es natürlich gewaschen. Man muss neue Sachen immer waschen, bevor man sie das erste Mal anzieht.«

Schweigen. Das könnte auch Schnappatmung sein, aber das konnte ich nicht sehen.

»Bist du sauer?«

»Nein.«

»Du BIST sauer.« Mit ein bisschen Schmollmund hörte sich das täuschend echt nach tiefer Verletzung an.

»Nein. Du, Mausi, ich muss wieder rein, der Abdruck ist fertig, die warten alle. Ich dachte ja auch, es sei was Wichtiges.«

Jetzt war der Augenblick für MICH gekommen, zutiefst getroffen zu schnauben. »Es IST wichtig! Du bist sauer, weil ich mich darum sorge, dass du bei deinen Eltern gut aussiehst?

Willst du mir sagen, dass das egal ist?«

»Nein, doch. Mausi, ich muss wieder rein.«

Ich spürte über die Entfernung von 27 Kilometern, wie er versuchte, vor Annemarie weiterhin als Autoritätsperson da zu stehen.

»Also das blaue, ja?«

»Ja! Das blaue, meinetwegen.«

»Gut, Schatz. Mach weiter, Kussi.«

Ich glaube, er war gerade SEHR froh, eine ihn so umsorgende Ehefrau zu haben. Aber jetzt unbedingt am Ball bleiben. Ein paar Minuten warten und dann wieder anrufen!

»Was ist denn???«

»DU HAST MEINE KAMELHAARSOCKEN GEWASCHEN!!!«

»Was hab ich?«

»Meine Kamelhaarsocken! Meine Lieblingssocken! Meine neuen! Ich hatte sie im Badezimmer hingelegt, und als ich vorhin die Wäsche aus dem Trockner genommen habe, waren sie total im Arsch!«

»Aber Mausi, ich hab doch nur mein Zeug von der Kloreparatur gewaschen ... ach ja, und das Zeug, was vor der Waschmaschine lag.«

»VOR der Waschmaschine oder überall im Bad???«, zischte ich wütend durch die Zähne. Was für ein Volltrottel!

»Das kann schon sein, dass ich halt alles reingestopft hab, was da rumlag ...«

»MEINE SOCKEN! ... Weißt du eigentlich, wie teuer die waren?« Das war mir zwar wurscht, aber es sollte IHM jetzt genauso wehtun wie mir.

»Ach, Mausi, das tut mir echt leid.«

Tränen. Und dann: »Das waren die kuscheligsten und bequemsten Hausschuhe, die ich je hatte ... die waren so schön warm ... solche kriegt man nicht so einfach wieder ...« Ich schluchzte noch ein wenig. Aber genug, das sollte erst einmal reichen.

»Beruhig dich jetzt mal, wir kriegen das schon wieder hin, ja?«

Ein gefasstes, tapferes: »Ja ...! Schnief! Damit war das Drama beendet. Vorerst.

15

Eine seltsame Patientin

Montag. Abend. Kurz vor Schwiegereltern.

Marius trug einen gestreiften Strickpullover über dem neuen blauen Hemd. Ich hatte meinen Hausfrauenlook gegen eine adrette »Gute-Ehefrau«-Garderobe getauscht. An meinen Ohrläppchen schaukelten meine sündhaft teuren, dezenten Silbercreolen-Hängerchen mit einer kleinen Perle daran; mein Haar war frisch gewaschen und hochgesteckt und meine Crocs tauschte ich gegen beigefarbene Schuhe mit einem Absatz, der gerade so hoch war, dass er Weiblichkeit, aber auch Stärke und Halt ausstrahlte. Dazu ein beigefarbenes Kostüm in gebügeltem Leinen – das suggerierte Gemütlichkeit, hatte aber dennoch Esprit. Seit Marius' Papa Horst Rente bezog, war er manchmal ein wenig schrullig. Aber eigentlich hatte ich ihn auf meiner Seite; ein bisschen Festigung der schwiegerelterlichen Beziehung konnte dennoch nie schaden.

Im Ofen köchelte gefüllte Paprika vor sich hin. So, wie ich das machte, genauer gesagt nicht besser hinbekam, war das ein passendes Zwischending zwischen essbar und Flüssignahrung. Horst und Elisabeth brachten sowieso immer noch ein Backupessen in einer Tupperdose mit, damit sie nicht hungrig gehen mussten, falls meine Kochergebnisse nicht ihren gewohnten Ansprüchen entsprachen oder Horst Probleme mit der Konsistenz des ihm Dargebotenen bekam.

Ich versuchte, den Reis am Anbrennen zu hindern und gleichzeitig die Puddingtüte für den Nachtisch aufzureißen. Wenn Marius außerehelich unterwegs wäre, würde ich einen Kochkurs belegen. Für mich. Post-it.

Marius deckte den Tisch. Fahrig. Klirr. »Scheiße!«

»Was ist denn passiert?« Ich wischte meine Hände an der Schürze ab und lugte um die Ecke. Am Boden lag unsere Sauciere. Nein, am Boden lagen Teile unserer Sauciere. Ich reichte zu allem, was ich für Horst und Elisabeth kochte, eine Soße. Meistens stand »Braten-« oder »Jägersoße« auf der Tüte. Falls mal ein Vorspeisensüppchen dem Gaumen meiner Schwiegereltern nicht Freudentränen entlockte, konnte ich schnell noch die Soße ersatzweise als Suppe verkaufen; noch ein bisschen Petersilie drüber und schon hielt sie zumindest optisch jedem Vergleich mit den Hochglanzabbildungen eines jeden Kochbuchs stand.

Ich hob die einzelnen Teile vorsichtig auf, natürlich nicht, ohne meinem Mann tadelnde Blicke zuzuwerfen.

»Mausi, du hast keine Ahnung, was heute in der Praxis los war!«

Nein, aber ich hatte mir alle Mühe gegeben, seinen Tag mit meinen eigenen Ideen zu bereichern.

»Wieso? Was war denn?« Also, unschuldiger ging es beim besten Willen nicht.

Marius ließ sich auf einen Stuhl sinken und nippte an seinem Glas. Der Weinspiegel in der offenen Rotweinkaraffe war schon bedenklich gesunken.

»Dieser angstschissige Moderator hatte seinen verblödeten Anwalt dabei und ich musste jeden Schritt vorab bis ins Detail erläutern. Weißt du, wie bescheuert man sich da vorkommt, wenn man sich mit einem schwanzlosen Pinguin kurz vor dem Setzen der Lokalanästhesie über den ›veralteten Einsatz von Procain im Gegensatz zu dem weiter verbreiteten und besser untersuchten Ultracain‹ unterhalten muss?«

Aha. War das jetzt ein guter Zeitpunkt, um in die Küche zu gehen und den Reis umzurühren?

»Und dann war ich den Kerl endlich los, bis unter die Haarwurzel vollgestopft mit Ultracain und in dem Glauben, er sei der Größte unter dem Moderatorenhimmel, da kam noch diese völlig durchgeknallte Schmerzpatientin rein. Die hat den ganzen Nachmittag im Wartezimmer gesessen. Wollte sich einfach nicht abwimmeln lassen und auch nicht zu Stefan. Deswegen bin ich auch zu spät. Es tut mir leid.«

»Was hast du gesagt?«

»Es tut mir leid.«

»Nein, davor?«

»Moderatorenhimmel?«

Warum hatte ich ihn nur geheiratet? »Du hattest noch eine Schmerzpatientin?« Scheiße.

»Ich sag dir, ich hab ja schon viel erlebt, aber DAS war ... der Hammer!«

»Wieso?« Mein Lid begann zu zucken. Unbeteiligt zu klingen war jetzt das, was mir mal einer hätte beibringen müssen.

»Ach Mausi, das sollte ich dir eigentlich gar nicht erzählen.«

DOCH, solltest du! »So schlimm wird es schon nicht gewesen sein.«

Das klang doch jetzt richtig aufmunternd. Im Wein liegt ja bekanntlich auch der Mut zur Wahrheit, und um diesen zu steigern, leerte Marius sein Glas, nicht ohne es sofort wieder zu füllen.

»Also, diese Patientin kam rein und legte sich auf den Behandlungsstuhl.«

Und?

»Dann fragte ich sie, was ich für sie tun könne.«

Uuund?

»Und sie meinte: ›Die Frage ist doch eher, was ich für Sie tun kann.‹ Ich sagte: ›Nun ja, ich bin der Zahnarzt und Sie sind eine

Patientin, die dringend Hilfe benötigt, so wie ich das verstanden habe.‹ Da lächelte sie und öffnete ihren Mund, aber nur so ein bisschen, und stülpte ihre Lippen nach außen. Das sah eher aus, als wolle sie gleich in eine Erdbeere beißen. ›Sie müssen den Mund schon ein bisschen weiter aufmachen‹, sagte ich und warf einen Blick auf ihren Patientenbogen.«

»Was ... was hatte sie?«

»Das habe ich sie auch gefragt, denn auf dem Bogen stand: Starke Schmerzen. Sie sagte: ›Sehen Sie doch mal nach, es tut ganz doll weh.‹ Dabei zwinkerte sie mich mit offenem Mund an. Ich konnte weder Karies noch sonst einen Grund für ihre Schmerzen feststellen. Und während ich sie untersuchte ...«

Marius wand sich in Unbehagen. Lieber noch ein Schlückchen Wein.

»Jaaa? Keine Sorge, du kannst mir alles erzählen. Ich bin doch deine Frau.«

»Also, da ... Ja, da legte sie ihre Hand auf meinen Oberschenkel und kniff mich.«

»Na ja. Aber das kann doch mal passieren, wenn jemand Angst vor dem Zahnarzt hat.«

»Das dachte ich auch, aber dann schob sie ihre Hand ... also, dann schob sie ihre Hand ... zwischen meine Beine!«

Der Gestank aus der Küche signalisierte mir, dass ich den Reis hätte umrühren müssen. Aber jetzt nicht. Her mit den Details! »Das war doch bestimmt ein Versehen.«

»Nein, war es nicht. Glaub mir.«

»Das ist ja unglaublich!« Und das meinte ich auch so. »Was hast du dann gemacht?«

»Ich konnte gar nichts machen. Sybill war ja mit im Raum und hat die Diagnose in den Computer eingegeben. Was sollte ich denn machen?«

»Hast du es genossen?«

»DIE FRAU WAR 65!«

Jetzt stank es wirklich erbärmlich aus der Küche. Dates in Zukunft genauer checken und unter allen Umständen dabei sein, dachte ich, egal wie. Post-it.

16

»Ich würde dich nie verlassen.«

Horst und Elisabeth hatten sich dieses Mal zur Sicherheit Kartoffelmöhrendurcheinander mit Biorindfleischhack mitgebracht. Max schaufelte seine gefüllte Paprika in wenigen Minuten hinunter, Chrissy aß nur die Füllung und der Rest bevorzugte Kartoffelmöhrendurcheinander mit Biorindfleischhack.

Marius' Vater sah blass aus. Sein Blick war gesenkt auf den Reishaufen gerichtet und er murmelte irgendetwas. Als er dann den halbvollen Teller ein Stück weit von sich schob, fand ich das weder nett noch angebracht, schließlich war dort hauptsächlich die Leiche meiner liebevoll zubereiteten Paprika zurückgeblieben. Er blickte bedeutungsschwanger in die Runde. Elisabeth nickte ihm aufmunternd zu.

»Ich bin krank«, brachte er schließlich heraus.

Marius hörte auf zu kauen. Sein Vater hatte schon immer einen Sinn für den richtigen Moment gehabt.

»Ja, ich bin krank. Ich habe mich mein Leben lang gesund ernährt und immer auf mich geachtet. Aber das Schicksal meint es nicht gut mit mir.«

Marius hatte noch immer nicht weitergekaut. Vielleicht kam ja noch was.

»Mein Arzt sagt, ich bin robust wie eine Küchenschabe ...« Vielleicht sollte er den Arzt wechseln?

»Aber in meinem Alter muss man immer mit allem rechnen. Vor allem in der heutigen Zeit mit all den Chemikalien und der Erderwärmung. Aber ich hatte ein gutes Leben, nicht wahr, Lieserl?«

Elisabeth nickte, lächelte und aß weiter.

»Ich wollte nur, dass ihr das wisst. Es kann jeden Moment vorbei sein mit mir.«

Ich hatte ein Déjà vu. Horst erzählte alle zwei Monate von seinem nahenden Tod. Gut, er hatte manchmal wirklich Probleme beim Atmen. Aber sonst war er »pumperlgsund«, wie die Österreicher sagen würden. Wenigstens wusste ich jetzt, woher Marius das hatte, wenn er sich wegen eines Mückenstichs mit Blaulicht und Verdacht auf Blutvergiftung in die Notaufnahme einliefern ließ.

Marius kaute weiter und spülte mit einem ordentlichen Schluck Rotwein nach. Das war für unsere Familie das Zeichen, dass alles in Ordnung war.

Max stand nach wenigen Minuten auf. »Muss noch Englisch lernen.« Wer's glaubt.

Chrissy stocherte weiter lustlos auf ihrem Teller herum.

»Möchtest du auch aufstehen?«, fragte ich – ganz telepathisch begabte Mutter –, und noch bevor ich das Fragezeichen aussprechen konnte, war sie ebenfalls in den höher gelegenen Ebenen unseres Hauses verschwunden. Marius ließ sein Besteck sinken und nahm einen weiteren, großen Schluck aus seinem Weinglas.

»Können die Kinder nicht ein Mal mit uns gemeinsam essen?«

Ich spürte einen zarten, kühlen Lufthauch durch das Zimmer in meine Richtung wehen. Marius hoffte anscheinend, die Kinder würden einen Puffer zwischen seinen Eltern und uns spielen. Attacke.

»Lass sie doch. Sie haben so viel für die Schule zu machen.«

»Für die Schule? Wenn Max SO weiter ›was für die Schule macht‹, dann wird er das noch einige Jahre länger SO zelebrieren können.«

Das Ventil »Kinder« begann sich bei Marius zu öffnen. Sein Gesicht färbte sich von zartrosa in rotweinrot und seine Nüstern blähten sich. Das sah unattraktiv aus.

»Und wenn Christina nicht bald mal lernt, pünktlich nach Hause zu kommen, dann werde ich mal die Schlösser austauschen!«

Horst und Elisabeth starrten ihn an. Ich dagegen hatte alles unter Kontrolle. »Marius, du bist betrunken.«

Sage einem Mann, der betrunken ist, nie, dass er betrunken ist.

»ICH BIN NICHT BETRUNKEN!« Purpurrotes Rotweingesicht.

Horst lächelte mich bedauernd an. Horst lächelte mich eigentlich immer an. Ich glaube, er hielt mich für eine verständnisvolle Mutter und gute Ehefrau. Ja, das war ich. Obwohl, Horst lächelt eigentlich jeden an. Immer. Ich kam gut mit ihm klar. Ja, ich mochte ihn heimlich sogar ein wenig. Er war klug oder war es zumindest mal gewesen. Er hatte eine gewisse Dominanz und dennoch Liebenswürdigkeit, die ich auch an Marius einmal gemocht hatte. Wie Bernhardiner, die Schutz bieten, aber auch kuscheln können.

Mit einem leichten Seufzer sammelte ich die Teller ein und stand auf, um in die Küche zu verschwinden. Da war ja so viel zu tun. Na ja, eigentlich gar nicht so viel, aber wenn es sein muss, konnte man als Frau Stunden dort verbringen, ohne dass jemand einen vermisste.

Bedächtig schaufelte ich die Reste des Kartoffelmöhrendurcheinanders mit Biorindfleischhack wieder in die Tupperdose und spülte prokrastinierend alle Teller per Hand ab. Aus dem Esszimmer hörte ich nichts. Sie würden doch nicht alle tot sein?

Mit der Tupperdose in der Hand kehrte ich vorsichtig zum Schauplatz unseres allmonatlichen Generationenkonfliktes zurück. Als Erstes bemerkte ich Horst, wie er mich triumphierend anlächelte. Elisabeth lächelte verhalten, aber beipflichtend. Marius saß mit dem Rücken zu mir. Er rührte sich nicht. Ich wusste nicht, was vorgefallen war, aber die weiße Farbe seines Nackens deutete auf eine schockbedingte Blutleere hin.

Horst ergriff das Wort: »Liebe Beatrice, Elisabeth und ich wissen, dass du eine gute Frau für unseren Marius warst, bist und immer sein wirst. Du bist für uns wie eine Tochter.«

Was sollte das denn jetzt werden?

»Und da wir ja nicht ewig leben werden, haben wir beschlossen, dass Marius sein Erbe nur in Begleitung einer verantwortungsvollen, starken Frau an seiner Seite antreten darf.«

Ach? Meinten die etwa mich?

»Er allein ist zu schwach und würde die Bürde eines solchen Vermögens nie alleine tragen können. Nur in einer stabilen Familienstruktur kann der Name Puhlmann würdig weitergetragen werden.«

Marius rührte sich noch immer nicht. Das hatte offenbar gesessen. Sein Vater hielt ihn für schwach. Für einen Trottel. Plötzlich fielen aus Marius' Mund ein paar leise Worte, die Horst auf eine unheimliche Art den Wind aus den Segeln nahmen: »Du hast Recht.«

Womit hatte er Recht? Ich fragte nicht nach. Niemand fragte nach.

Als wir später im Bett lagen, rückte Marius an mich heran. Er zog mich an sich. Sein Mund war ganz nah an meinem Ohr, kleine Wölkchen Rotweinausdünstung krochen bei jedem Wort in meine Nase, während er lallte: »Ich würde dich nie verlassen.« Dann griff er an meine Brust.

17

Vom Hundeausführen und Autopannen ...

Donnerstag. Vormittag. Mein Geburtstag rückte näher. Eine große Party wollte ich nicht. Am liebsten würde ich mit Marlene um die Häuser ziehen und Männer aufreißen. Wir hatten früher oft mal zusammen gefeiert, weil sie eine Woche vor mir an der Reihe war und wir ohnehin immer die gleichen Freunde hatten. Ich tippte eine SMS an meine Freundin: »Ich lade dich herzlich zu meinem Geburtstag am 12.10. ein. Bussi, Bea.« Nein, das war blöd. Lieber: »Meine Süße, ich würde mich sehr, sehr freuen, wenn du zu meinem Geburtstag kämst.« Send.

Das würde eine nette Party werden. Marius und Marlene verstanden sich, so lange sie sich gegenseitig in Ruhe ließen, ziemlich gut, was ja nicht unbedingt normal ist zwischen Ehemann und bester Freundin. Das Klischee ist eher, dass der Ehemann immer eifersüchtig auf die Freundin ist, weil die alles über ihn weiß und schlimmstenfalls sogar bestens über seine Penisgröße und Standfestigkeit informiert ist. Wie heißt es doch so schön: »Die beste Freundin deiner Frau ist dein schlimmster Feind.« Solche Freundinnen geben immer die für den Mann ungünstigsten Ratschläge: »Du musst ihn mal ein paar Wochen nicht ranlassen, dann wird er schon weich.« Oder: »Wünsch dir doch mal was Teures, dann weißt du, wie viel du ihm wert bist.«

Vielleicht brächte Marlene ja irgendeinen ihrer aktuellen Lover mit, das wäre dann doppelt lustig. An Skurrilität waren ihre Eroberungen meist schwer zu überbieten und eine Bereicherung für jede Party.

Piep-piep: »Hase, ich werde da sein.«

»Echt?«

»Versprochen!«

»Du bist mir nicht mehr böse?«

»War ich nie! Kuss an dich und Gruß an Rute.«

Marlene war der Burner. Wäre ich ein Mann, ich würde mit ihr zusammen sein. Sie war sexy, intelligent und sah sehr gut aus. Ich war aber kein Mann und kannte sie besser als je ein Mann sie kennenlernen wird. Und das war gut so.

Marius würde mich also nie verlassen, er würde sich niemals scheiden lassen. Somit hatte ich alle Trümpfe in der Hand. Jetzt musste ich nur noch dafür sorgen, dass er mich in Ruhe ließ. So ein Seitensprung konnte ja auch eine Beziehung beleben. Er würde sich netter anziehen, besser riechen und so oft wie möglich außer Haus sein.

In den letzten zwei Tagen hatte ich ihn wieder ein paar Mal in der Praxis angerufen, um ihm mitzuteilen, dass der Computer abgestürzt sei oder um zu fragen, wie ich einen Großumschlag frankieren musste. Ach, und wo denn das Silikon sei, damit ich die kaputte Fuge in der Dusche reparieren könne, was ich natürlich nicht tat. Und ich schickte ihm fleißig SMS' mit der Frage, wann er nach Hause käme, um ihn dann mit Alltagslethargie zu empfangen.

Aber im Groben war ich brav. Seit ich wusste, dass ich sozusagen »erbberechtigt« war, befand ich mich auf einem Höhenflug. Ich konnte die Sau rauslassen. Marius durfte mich ja nicht verlassen – sonst: Erbe futschikato. Wenn ich das richtig verstanden hatte. Er musste also mit mir verheiratet bleiben.

Er MUSSTE! Ich würde ihn loswerden, meine Freiheit gewinnen und trotzdem war mir ein Leben in Saus und Braus sicher. Welch' geniale Schicksalswindungen sich in mein Leben schmirgelten! Dachte ich.

Nun hieß es aber, das heiße Eisen ans galoppierende Pferd zu tackern ... oder so ähnlich. Also schnelle Kontaktaufnahme mit einer zweiten Frau. Allerdings musste ich vorsichtiger werden. Wie viele »Probeschüsse« hatte ich noch, bis er stutzig werden würde? Ich musste besser auswählen. Und ich musste die Kontrolle behalten. Also dabei sein. Irgendwie.

Die nächsten Wochen hatte Marius die eine oder andere seltsame Begegnung mit seltsamen Frauen. Einmal bat ich ihn, dass er den Hund unserer Nachbarn ausführte und beschrieb ihm genau, wo er lang gehen musste, weil der Hund das so gewohnt sei.

Treffpunkt mit »Sarah«, 31, aus Potsdam war der kleine See im Park. Ich versteckte mich hinter den Büschen. So konnte ich zwar nichts hören, aber ich hatte einen guten Überblick. Schon allein dieses klitzekleine Detektivspiel ließ meinen Adrenalinspiegel auf angenehme Weise nach oben schnellen. Ich bastelte mir ein aufregendes Leben. So wie früher, als ich noch über rote Ampeln fuhr – natürlich nur ganz knapp nach gelb – und als ich vor dem Musiktest mit den anderen eine Tüte rauchte, nur um zu sehen, wie viel mein Gehirn unter Drogeneinfluss noch zu leisten fähig war. Es leistete in der Tat einiges, nur das hatte nichts mit Musik zu tun, sondern eher mit sich plötzlich drehenden Arbeitsblättern und hüpfenden Noten. Bea Weißkopf: 6.

Marius setzte sich auf die Bank am Seeufer und spielte gelangweilt an seinem iPhone herum – wie er das eigentlich immer machte, wenn er sich irgendwo hinsetzte und in keinem Mundraum herumwühlen musste. Sarah kam. Wie doch Fotos lügen können! Das einzige, was mit ihrem Profil übereinstimmte, war ihr Geschlecht. Dass sie weiblich war, schloss ich einfach mal daraus, dass sie lange Haare hatte und hohe Schuhe trug. Sie fragte Marius vermutlich, ob sie sich setzen dürfe, denn er nickte, rückte ein Stück zur Seite und spielte unbeeindruckt weiter mit seinem Handy.

Sarah begann mit ihm zu reden. Über was, konnte ich nicht hören. Aber seinem Gesicht nach zu urteilen, erzählte sie irgendetwas, das sich thematisch zwischen dem Sommerschlussverkauf bei H&M und der vielfältigen Fauna der Anden bewegte. Marius drehte sich genervt von der Fremden weg und sah auf die Uhr. Ich würde mal sagen, der »Funke« war nicht übergesprungen. Um Genaueres herauszufinden, versuchte mich ein bisschen heranzupirschen. Zwei, drei Buschreihen sollten genügen. Marius tippte an seinem Handy. Dann hielt er es sich ans Ohr. Aha, er rief jemanden an. Jemanden, den ich nicht für ihn besorgt hatte. Dieses Schwein!

Tiriliii. Mein Po klingelte. Mist. Ich liebte mein iPhone sehr. Und die Bedienungsanleitung zu lesen, ergab in den meisten Fällen auch Sinn. Besonders, wenn man einen unerwünschten Anruf bekam, den aber nicht abwimmeln konnte, weil auf dem Display nur stand: »Entsperren«; wenn man jedoch »entsperrte«, nahm man gleichzeitig das Gespräch an. Eigentlich eine tolle Idee. Aber in meinem Fall erschreckend kontraproduktiv.

Rangehen? Bimmeln lassen? Wenn ich jetzt ranginge, würde er mich drei Büsche hinter ihm hören. Wenn ich nicht abhob, würde das Klingeln weitergehen und er würde mich auch hören. Ich nahm ab, so konnte ich Zeit gewinnen.

»Mausi?«

Ich presste den Hörer an mein Ohr und stolperte mehr, als dass ich lief, rücklings kriechend, seitlings und sonstwielings durch die Haselnusssträucher. Bloß schnell außer Hörweite.

»Mausi? Sag mal, wie lange muss der Köter denn rumrennen?«

»Halbe Stunde«, war alles, was ich im Stolpern grunzen konnte.

»Alles in Ordnung?«, fragte Marius nach.

Nein, nicht wirklich. Mir schlug ein Nadelbaumast ins Gesicht, ich verlor das Gleichgewicht und landete bäuchlings im Dreck. Eine große Hundeschnauze schnüffelte an meinem Gesicht. »Ooooskar, komm zu Papa!«, rief jemand die Hundeschnauze.

»Was machst du denn gerade, Mausi?«

»Nichts. Ich hab die Wäsche aufgehängt«, keuchte ich ins Handy.

»Und wer ist Oskar?« Marius schien verwirrt zu sein.

»Keine Ahnung. Halt so ein Junge, der hier rumläuft.«

»Oskar! Du sollst der Dame nicht das Gesicht lecken! Komm hierher!«

Ein anderes Mal schlug ich einer gewissen Anna, 37, vor, sie solle meinem Mann vor seiner Praxis eine Autopanne vorgaukeln. Das war so ähnlich, als würde sie sich als Patientin ausgeben, nur hatte ich so die bessere Kontrolle, denn ich konnte mir das Spektakel gemütlich von meinem Auto aus ansehen. Sollte Marius mich zufällig entdecken, wäre das nicht ungewöhnlich, denn ich hatte ihn früher manchmal von der Praxis abgeholt, um mit ihm Essen zu gehen.

Als Marius aus der Praxis trat, stand Anna in kurzem Rock weit über die Motorhaube gebeugt neben ihrem Wagen. Heiliges Kanonenrohr, sie trug nix drunter! Schlampe! Man konnte an ihrem riesigen Hintern vorbei bis zu ihren Mandeln sehen. Aber ich hatte es so gewollt, und wenn er darauf anspränge, wäre ich bald eine freie und reiche Frau. Marius betrachtete den Motorraum. Nicht wirklich. Er betrachtete vielmehr das Mähdrescherfahrgestell. Dann blickte er sich um. Suchte er die versteckte Kamera? Anna rekelte sich förmlich im Motorraum. »Greif zu!«, dachte ich.

Nun beugte er sich ebenfalls über den Motor, klopfte am Kühlbehälter herum und zupfte an Kabeln. Ich war sicher, er hatte keine Ahnung, was er da tat; und ich war mindestens genauso sicher, dass seine Beule in der Hose ihm beim tieferen Eindringen in den Motorraum hinderlich war. Anna blickte ihn an. Ihre großen, braunen Augen lenkten wunderbar von ihrer Hakennase ab. Dann sagte sie etwas, rekelte sich zur Seite, sodass ich fast Angst bekam, ihr würde gleich die rechte Brust auf die Zylinderkopfhaube abrutschen.

»Autsch!«, rief Marius. DAS konnte ich hören. Er war wohl an ein zu heißes Teil gekommen. Anna schreckte hoch und stieß sich den Kopf an der Motorhaube. Dumme Nuss. Dabei stieß sie mit ihrem Arm wild fuchtelnd die Stange zum Offenhalten der Motorhaube aus der Verankerung, die sofort zuklappte und Marius unter sich begrub. Er zuckte. Gut, das hieß: Er lebte noch.

Sollte ich ihm helfen? Schließlich steckte er in einer von mir eingebrockten Suppe fest. Anna fummelte mit Zeigefinger und Daumen unbeholfen an der Motorhaube herum. Bloß nicht die Discountnägel riskieren. Herrgott, und mein Mann steckte vermutlich irgendwo zwischen Abgasrohr und Motorblock fest und bekam keine Luft mehr.

Gerade wollte ich aussteigen, da kam Stefan aus der Praxis. Zuerst sah er nur ... ihre nackten Beine. Dann bemerkte er, wie sich sein Kollege aus dem Motorraum rappelte. Freikörperkulturbarbie entschuldigte sich vielmals für ihr Missgeschick. Stefan besah sich ihre Beule am Kopf und nahm sie mit in die Praxis.

18

Einsame Herzen sind immer online

Bei LOVETOGO hatten sich inzwischen an die dreißig Mandys, Claudelles oder Steffis auf Peter Alsters Profil hin gemeldet. Wonach sollte ich sie sortieren? Mit wem sollte ich jetzt noch Kontakt aufnehmen?

Ich klickte die Fotos durch. Auf jeden Fall musste ich eine Bewerberin auswählen, die er auch anziehend finden würde. Bei der die größte Chance bestand, dass er durch sie einen Ritt auf seinen Hormonen begann. Bei dem Foto einer Frau hielt ich inne: Sie erinnerte mich an eine von Marius' Ex-Freundinnen. Aber diese hier war jünger. Zumindest auf dem Foto. Sie hatte lange blonde Haare, zeigte ein nettes Lächeln und trug eine blaue Bluse, unter der man eine üppige BH-Größe vermuten konnte.

Tanja war gerade online. Einsame Herzen sind immer online.

»Hallo Tanja, ich freue mich, dass Sie sich auf mein ungewöhnliches Anliegen gemeldet haben.«

Ping. »Hallo, ich bin Tanja. Ich bin 26 Jahre alt und komme aus der Nähe vom Berlin. Ich mochte gerne Ihre Mann kennenlernen.«

Das war offensichtlich, sonst hätte sie sich ja nicht gemeldet. Über ihre Tippfehler sah ich jovial hinweg, entweder schrieb sie über Smartphone oder sie war einfach ein wenig ungebildet. Beides kein Grund für ihn, sie nicht zu mögen. Bei der Oberweite.

»Das ist sehr nett. Haben Sie noch andere Fotos von sich?«

Ich kam mir vor wie an der Fleischtheke: »Darf's noch a bisserl mehr sein?«

Pause. Ich hatte schon richtig Routine bekommen. Das verlieh mir ein Gefühl von Macht. Ich war süchtig nach dieser Macht. Ich konnte über Menschen bestimmen, konnte sie lenken, mit ihnen spielen. Wenn ich mit den Frauen chattete, sahen sie das Profilbild von Marius. Peter Alster – ich war nur der Schatten hinter ihm. Die Frauen chatteten mit IHM. Denn ihn konnten sie sehen. Gehirnforschung: Was man nicht sieht, existiert weniger als das, was man sieht. Marius existierte hier, Bea nicht. Sie konnte sich hinter ihm verstecken, war ja nur seine Frau. Und dann ließ ich die Marionetten auf die Bühne. Mit einem Klick konnte ich alles löschen. Macht. Wenn sie sich nicht meldete, dann war eben die Nächste dran.

Ping. Das waren nette Fotos. Sehr hübsches Ding. Ja, der wollte ich die Chance geben. Sie kam in den Recall: »Hast du Skype oder Facetime oder so etwas?«

Ping: »Skype. Möchtest du?«

Ui, jetzt wurde es spannend. »Ja.« Ich tippte meinen Skypenamen ein. Send.

Ping. Call from Tanja. Annehmen – Klick. Tanjas Gesicht erschien auf dem Monitor. In einem kleinen Bildchen erschien auch meines. Allerdings verschwommen. Ich war ja nicht blöd. Computer waren für mich eigentlich das achte Weltwunder, Hexenwerk. Woher wussten die kleinen Männchen in dem dünnen Kasten immer so schnell, wo sie hinrennen mussten, und woher kam all die Farbe in dem Ding? Meine Technophobie hatte sich schon in meiner Kindheit manifestiert, als ich auf der Kirmes die Kleinwüchsigen unter der See-Sturm-

Bahn suchte, die unter der Plane ein großes Rad drehten wie die Sklaven in Ägypten, sie aber nicht fand. Hexenwerk, wieso sich das Ding dennoch drehte.

Bestimmt gab es technische Mittel und Wege, wie man die Qualität eines Videostreams manipulieren konnte. Aber nicht für mich. Ich hatte beim Einrichten der Webcam an meinem Laptop nicht aufgepasst. Eigentlich passte ich nie auf, wenn Marius irgendetwas an meinem Computer machte. Aber ich wusste, dass man durch kleine, pizzafettige Kinderhandabdrücke nicht gut durch Scheiben sehen konnte. Also kleckste ich eine Portion Gänseschmalz auf die Linse. Fertig.

So sah sie mich also. Ich war ungeschminkt, Haare zum Zopf gebunden. Unscheinbar. Tanja dagegen sah hinreißend aus. Sie hatte eine Bluse an, aber zugeknöpft, wie es sich gehörte. Ihre Haare waren gepflegt und sie war leicht geschminkt. Sie winkte freundlich. Das sollte also die Frau sein, mit der mein Mann in Zukunft möglicherweise regelmäßig Geschlechtsverkehr vollziehen würde? Ich winkte zurück. Nun musste einer anfangen zu sprechen, um die Qualität der Tonübertragung zu überprüfen.

»Hallo Tanja. Sie heißen doch wirklich Tanja?«

»Ja, ich heiße Tanja. Ich bin 26 Jahre alt und komme aus die Nähe von Berlin.« So weit waren wir schon.

»Ja, Tanja, woher kommst du denn?« Kleiner Test.

»Ich bin 26 Jahre alt. Meine Eltern kommen aus der Ukraine, aber ich lebe schon hier geboren.«

Oh. Ich kleine Kosmopolitin hatte ihren Akzent eindeutig rechtsrheinisch angesiedelt.

»Ich kann nicht gut sehen«, sagte sie ruhig.

Das gestaltete sich besser als erwartet, denn das konnte beim Zusammentreffen mit Marius nur von Vorteil sein.

»Sie sind schlecht«, fügte sie hinzu.

Also, das war ja wohl die Höhe! Was erlaube du? Mit drei Worten drückte sie einfach mal so eine festgefahrene, antiquierte, übermoralische Sichtweise auf mein Tun aus. Ehrlichkeit konnte ich hier gar nicht gebrauchen. Mein Mauszeiger wanderte auf Chat verlassen. Da sah ich Tanja, wie sie mit einem Tuch ihren Monitor abwischte.

»Nix besser. Immer noch schlecht. Nicht schlimm. Ich bin Tanja.« Unbeirrt fuhr sie fort: »Ich mochte gerne kennenzulernen Ihre Mann.« Dabei zwirbelte sie verschüchtert eine Haarsträhne zwischen den Fingern.

Plötzlich tat sie mir leid. Tanja war tatsächlich zirka 26, vielleicht sogar ein bisschen jünger. Und sie war aus der Ukraine. Marius war noch nie in der Ukraine.

»Warum?« Ich war schon so routiniert, dass ich den Spieß inzwischen umdrehte und genau wusste, welche Fragen ich stellen wollte und welche gestellt werden mussten, damit ich mir ein Bild machen konnte. Schließlich ging es um meinen Mann.

»Weil meine Eltern kommen da her.«

Das Blöde bei Videotelefonie ist, dass man sich nicht mit der flachen Hand an die Stirn schlagen oder die Augen verdrehen kann. Selbst, wenn man so verschwommen war wie ich.

»Warum möchten Sie meinen Mann kennenzulernen?«, fragte ich nun. Es weckt Vertrauen, wenn man sich sprachlich auf das Gegenüber einstellt.

»Ich möchte haben Spaß.«

Das klang gut. Sollte ich ihr sagen, dass sie da bei meinem Mann an der falschen Adresse war?

»Ich bin freundlich, sinnlich und ich mache alles, was du von mir willst.«

Ein sprechender Roboter hätte es nicht fehlerfreier rüberbringen können. Allerdings auch nicht ganz so säuselnd. Sie war nett und hübsch. Sie war devot, das konnte Marius nur gut tun. Sie war kein Vamp, soweit ich das beurteilen konnte. Und sie war kompromissbereit und vermittelte mir das Gefühl, dass ich sie beherrschte. SIE wollte etwas von MIR. Ich, Chef.

»Folgendes: Sie werden meinen Mann, er heißt übrigens nicht Peter, sondern Marius, in der Elektrofachabteilung im Kaufhaus am Medusenring treffen. Kennen Sie das?«

»Medusenring, ja.« Ihre Augen leuchteten. »Meine Wohnung ist nahe.«

»Gut. Er wird sich wahrscheinlich bei den Tablets aufhalten. Kennen Sie die?«

»Ja, ich kenne.«

»Gut. Am besten fragen Sie ihn nach etwas Technischem. Fragen Sie ihn was zum Thema Computer, da kennt er sich aus.«

»Ja.«

»Moment.« Ich klickte den Familienkalender auf, verkleinerte ihn im Fenster neben ihrem Gesicht und fragte: »Passt Ihnen morgen, Freitag, 15:00 Uhr?«

Tanja warf einen Blick auf ihren Schreibtisch. Ich nahm an, da lag ihr Kalender. Das war von Vorteil, wenn sie viel zu tun hatte, dann wurde sie Marius nicht lästig: »Ja, passt gut.«

»O. k., dann ... viel Glück.«

»Ja, viel Glück.«

Freitag. 14:30 Uhr. Kaufhaus am Medusenring.

Mir war noch nie aufgefallen, dass man von den stäubenden und sprühenden Maskengesichtern am Gang der Kosmetikabteilung gar nicht in duftende Parfümwolken gehüllt wird oder mit verjüngenden Cremes Handmassagen inklusive Verkaufsgespräch bekommt, wenn man so aussah wie ich an diesem Tag. Im Gegenteil: Die Zerstäuberinnnen widmeten sich hoch konzentriert der Reinigung ihres Arbeitsmaterials und sortierten geschäftig Fläschchen um. Ich hatte mir aber auch Mühe gegeben: ausgetretene Gartenturnschuhe, eine Aladinhose, die im Schritt so schön weit ist, supermodern und sooo unsexy, sowie ein an den Schultern geknotetes, sehr locker sitzendes, olivgrünes Oberteil. Meine Haare waren unfrisiert zum Zopf geflochten und ich hatte nicht einmal Wimperntusche aufgetragen. Wenn ich Marius los war, musste ich noch mal hierherkommen und mein wahres Ich handmassieren und mich mit sündhaft teuren Düften betören lassen. Post-it.

»Schatz, ich möchte mir noch die Eyeliner angucken, kommst du?«

Marius schlurfte hinter mir her. Männer sind relativ einfach gestrickt. Wenn sie wissen, dass noch ein Leckerli auf sie wartet, dann sind sie sehr gefügig. Marius wusste, dass er gleich noch in die Elektroabteilung gehen durfte. Die Vorfreude darauf ließ ihn nahezu alles ertragen.

»Schatz, ich bin drüben bei der Biokosmetik und dann kurz bei Lancôme, Estée Lauder und Clinique. Lauf nicht so weit weg, ich brauch deine Karte.«

Marius nahm ein Duschgel aus dem Regal und las die Rückseite.

»Das brauchst du nicht, du benutzt es doch sowieso nicht.« stichelte ich.

»Wieso, ich dusche jeden Morgen!«

»Außer, wenn du frei hast und am Wochenende und in den Ferien.«

»Da muss ich ja auch nicht, ich stinke nicht.«

»Subjektive Wahrnehmung«, murmelte ich und bog geschmeidig in die Highendkosmetikgasse ein. Um 14:45 Uhr war er 257,60 Euro los und ich hatte ein winziges, dekoratives Täschchen mit winzigen, dekorativen Flakons und Cremedöschen erlegt. Jetzt blieben noch 15 Minuten, um ihm das

Gefühl zu vermitteln, dass er meinen Kopf in eine Hochindustriepresse stecken und den An-Knopf drücken möchte. Er musste mich hassen, damit er bereit war, sich jedem Molekül von TANJA bedingungslos hinzugeben.

»Komm, wir kaufen dir noch schnell eine neue Hose.«

Das war ein Befehl. Marius hörte nur »schnell« – und auch, wenn er genau wusste, dass das Wort »schnell« in einem Kaufhaus mit einer Frau nicht existierte, so starb doch die Hoffnung zuletzt.

Eine hübsche Bedienung eilte uns zu Hilfe: »Was suchen Sie denn?«

»Eine Jeans 34/34. Röhrenschnitt.«

Nach wenigen Augenblicken kam ein Jammerton aus der Umkleide: »Mausi, das kann doch nicht dein Ernst sein.«

Doch. »Was ist denn?« Klimper, Klimper.

»Ja, kuck doch mal!«

»Ich quetsch mich doch nicht in die Kabine da rein. Komm du raus!«

Ein paar Männer musterten mich skeptisch in meinem Kotztütenlook. Wenn ich Marius los war, musste ich unbedingt noch einmal in die Herren-Jeansabteilung gehen und lange in meinen High Heels und knallenger Geilojeans an Levisregalen herumlungern, mich nach zufällig heruntergefallenen Hosen bücken, um mir nach dem Aufstehen die Haare nach hinten zu werfen, verlegen die Bluse zurechtzurücken und mit meinen perfekt manikürten Fingernägeln lasziv über den harten Stoff einer Männerjeans zu streifen. Post-it.

Marius trat aus der Kabine. Er hatte nicht untertrieben: Seine Beine standen steif und unbeweglich in zwei unnachgiebige Jeansröhren gepresst vom Oberkörper ab. Sein Bauch lappte in einer dicken Wulst über den Hosenbund. Die Bedienung lächelte professionell.

»Hm, ich finde die nicht so schlecht.«

»Echt?« Marius besah seinen Hintern im Spiegel und strich sich mit einer Hand darüber.

»Ja, aber du hast nicht die richtige Figur dafür. Du weißt schon, was ich meine ...«, sagte ich und deutete mit meinen Augen in seinen Schritt.

Die Bedienung kam sofort mit einer anderen Jeans zurück. »Ich denke, die hier könnte passen.«

Kurz darauf kam Marius in einer weiten, bequemen Jeans aus der Kabine. »Ja! Die ist gut!«, klatschte ich hörbar in die Hände und strahlte, »DIE KASCHIERT PERFEKT, DASS DA NICHTS IST!«

Die hübsche Bedienung kicherte, und aus allen Umkleidekabinen steckten Männer ihre Köpfe heraus, um zu sehen, wem da gerade der Hoden in einem Mixer in tausend Stücke zerfetzt wurde.

Fast pünktlich, 14:57 Uhr, standen wir an der Kasse.

»War das nötig?«, fragte er mich sauer. Das sah ich daran, dass diese kleine Ader an seiner Schläfe pulsierte. Yepp.

Das einzige, was ihn jetzt aufbauen konnte, waren entweder zwölf wunderschöne Jungfrauen, die sich darum rissen, von ihm nach bester Manneskunst defloriert zu werden, oder ein neues technisches Gerät mit vielen Knöpfen und einer Bedienungsanleitung in Buchform. So sei es.

»Geh doch schon mal zu den Tablets, ich guck noch nach Schuhen und einer Tasche.«

Hätte er noch einen Schwanz gehabt, hätte er jetzt vor Freude damit gewedelt.

Er verschwand. Ich wartete noch eine Minute, dann pirschte ich ihm hinterher.

19

Die Bambi-Masche zieht immer

Marius schlenderte durch die Gänge, hielt mal hier an und befühlte mal dort eine Dockingstation. Er genoss das Stimmenwirrwar, das von mindestens 178 laufenden Hightechplasmabildschirmen auf ihn einrieselte. Ich postierte mich hinter den Konsolenspielen, von dort hatte ich einen guten Blick. Und ich konnte sicher sein, dass ich in meinem Aufzug bestimmt keine professionelle Hilfe von unterambitioniertem Personal bekam, das mich fragte: »Kann ich Ihnen helfen.« Nicht, dass ich nicht hilfsbedürftig ausgesehen hätte, aber ich sah einfach nicht danach aus, als ob ich den Laden um Platinkabel mit Goldbuchse erleichtern könnte. Gut so.

Endlich war er im richtigen Gang angekommen. Männer finden sich in Elektroabteilungen immer zurecht. Wie machen die das bloß? Wahrscheinlich folgt ihr Körper unterirdischen, elektrischen Strömen. Oder einem Magnetismus.

Aber wo war Tanja? Meine Handyuhr zeigte 15:02 Uhr. Marius hielt vor den Tablets an. Andächtig nahm er eines nach dem anderen in die Hand, versuchte dessen Gewicht zu schätzen, drehte es um, besah sich die Anschlüsse. Ein junger Mann im weißen Hemd mit Namensschildchen »Magnus« an der Brust kam auf ihn zu. Er sagte irgendetwas zu ihm und deutete auf das Tablet. Marius winkte ab. Ja, so kannte ich ihn. Hilfe anzunehmen im Elektro-Fachhandel war für ihn ein

Affront gegen die Männlichkeit. Der junge Angestellte zuckte mit den Schultern und verschwand wieder. Gut so.

Mein Blick schweifte durch den Verkaufsraum. Ziemlich weit hinten stand eine Frau mit langen blonden Haaren mit dem Rücken zu mir im Gang für Haushaltsgeräte. Das war sie. Tanja. Sie unterhielt sich mit einem Mann, der einen elektrischen Milchschäumer in der Hand hielt. Er hatte grauschwarze Haare wie Marius, sah ihm aber nicht wirklich ähnlich. An seinem Finger glitzerte ein goldener Ehering. Sie lachte. Er lachte. Die sollten nicht lachen, und Tanja sollte gefälligst in die richtige Abteilung gehen. Himmel, musste man denn alles alleine machen?

Steifen Schrittes schlenderte ich auf die beiden zu. Marius war beschäftigt, das war gut so. Uns trennten vier Gänge. Als der nette Mann mit dem Milchschäumer mich auf sich zustampfen sah, zuckte er zusammen. Eine ausgewachsene Kuh in Moonboots hätte nicht weniger Eindruck auf ihn machen können.

»Bärli, hast du dein Schaumdings gefunden! Du, wir müssen noch den Fläschchenwärmer kaufen. Wir haben doch gesagt, dass ich langsam abstille. Guten Tag, kann ich Ihnen helfen?«, wandte ich mich an Tanja.

»Nein ... Ich ... wollte Tabletts.« Dies war wieder ein denkbar schlechter Moment, um sich mit der flachen Hand an die nackte Stirn zu hauen.

»Ja, Sie meinen bestimmt ›Tablets‹ in der Computerabteilung und nicht Tabletts in der Haushaltsabteilung.« Vielleicht hätte ich ihr ein Toastbrot zum Mann anbieten sollen, dann hätten beide den gleichen IQ. Für mich eindeutig zweideutig genug fügte ich hinzu: »DAS hier ist bestimmt nicht das, was Sie suchen ...«

Tanja blickte von dem Unbekannten zu mir und wieder zurück. Erkannte sie mich? Ich war mir nicht sicher. Aber sie machte sich auf den Weg, drehte sich allerdings noch ein paar Mal verwirrt nach mir um. Der nette Milchschäumer war noch immer in eine katatonische Starre verfallen.

»Nanana, da hab ich Sie aber gerade noch mal gerettet«, bemerkte ich, kniff ihn in die Wange und verschwand zwischen den Gängen.

Inzwischen hatte Tanja ihr Zielobjekt endlich doch noch gefunden. Dumme Trine. Ich beobachtete, wie sie ihre Haare lächelnd in den Nacken warf und sich von Marius das Tablet zeigen ließ. Ab und zu schaute sie sich um. Suchte sie nach mir?

Ich schob mich wieder zwischen die Konsolenspiele. Tanja lachte meinen Mann an. Das machte sie gut. Er lächelte freundlich zurück. Dann kam die Rehaugenmasche – das erkannte ich sofort. Schließlich war ICH ja nicht umsonst »Mrs. Rehaugenmasche«. Mit ihr konnte man fast alles von meinem Mann bekommen – den Kopf leicht senken und dann die Augen öffnen, so wirken sie schön groß; den Mund zu einem Schmollmund verziehen, aber nur so weit, dass es nicht kitschig aussieht, und dann die Augenbrauen leicht anheben. Bambi wurde ja eigentlich nach meinem Vorbild geschaffen. Das einzige, was noch stärker zog als der Bambi-Blick, waren Tränen. Marius hasste es, wenn ich weinte. Er kam sich dann so herrlich hilflos und schäbig vor. Wenn ich es recht überlegte, hatte ich Tränen schon lange nicht mehr in meinem Programm gehabt. Also: Wiederaufnahme und zu gegebener Zeit abspulen. Post-it.

Marius nickte und wanderte mit Tanja in den nächsten Gang. Dort griff er ins Regal und zeigte ihr eine Webcam. Tanja nickte lächelnd und ließ ihre Augen strahlen. Das gefiel ihm offensichtlich. Er hielt die Webcam so vor sich, dass die Kamera seine Zufallsbekanntschaft gut erfassen konnte. Auf dem angeschlossenen Bildschirm tanzte die Blondine auf und ab wie ein Kind, das vor dem Spiegel »Model« übt. Ihre Brüste wippten, ihr Po wiegte sich hin und her. Tanja warf sich in Pose, stemmte die Arme kokett in die Hüften und drehte sich. Marius blickte auf die Uhr und dann zur Rolltreppe. Oh nein, es lief doch gerade so gut. Schnell tippte ich in mein Handy: »Schatzi, es dauert noch ein bisschen. Brauche noch eine Übergangsjacke. Bis nachher. Kussi« Send.

Marius zog sein Handy aus der Hosentasche und las die SMS. Dann lächelte er Tanja an. Sie fragte ihn wieder irgendetwas, schaute sich um, machte mit ihren Händen »bittebitte« und deutete auf die Straße. Marius sah noch einmal auf die Uhr und folgte ihr dann zum Fahrstuhl.

»Kann ich Ihnen helfen?« Ich schreckte herum. Ein untersetzter Glatzenweißhemdenmann mit Namensschildchen »Pascal« stand vor mir, strich seine einzige Haarsträhne hinters Ohr und versuchte mich einzuschätzen. Aber ich glaube, er fragte sich eher, was ich wohl geklaut haben könnte als was ich zu kaufen gedachte. »Suchen Sie etwas Bestimmtes?«

»Ja, aber das haben SIE gewiss nicht«, ächzten meine Gedanken so laut, dass ich fast glaubte, er hätte es hören können. »Nein, ich gucke nur«, erwiderte ich stattdessen und, schwupps, grapschte ich mir eine große, flache Kiste, in der sich eine Art Brett befand. Mit einem Auge tat ich so, als würde ich deren Rückseite studieren, mit dem anderen versuchte ich verstohlen, meinen Pfau Marius bei der Balz im Auge zu behalten.

»Das ist unser Wii-Balance-Board. Das ist kompatibel mit Wii eins und zwei, trainiert Gleichgewichtssinn und macht riesig Spaß. Es ist unser Renner. Das ist nicht nur etwas für Ihre Enkel, auch Sie werden richtig Spaß damit haben. Sehen Sie, das funktioniert so ...«

Er schob mir ein Balanceboard unter die Füße. Ich sprang zur Seite und hätte ihm das Brett am liebsten quer durchs Gesicht gezogen. Enkel? Ich möchte den Filialleiter sprechen, sie bekommen eine Dienstaufsichtsbeschwerde, Sie sind ENTLASSEN!

»Danke, das ist nett von Ihnen, aber ich brauche noch einen Fön.«

»Die haben wir dort drüben. Darf ich Ihnen ...«

»Nein!«

Weißhemdpascal hob abwehrend die Arme und trottete davon. Nun war ich wieder bereit, Marius und Tanja meine ungeteilte Aufmerksamkeit zukommen zu lassen. Aber an der Stelle, wo sie gerade noch geturtelt hatten, stand jetzt ein anderes Pärchen, das sich interessiert die Webcams anguckte. Ich scannte den ganzen Laden mit meinem Blick. Kein Blondie, kein Pfau. Hatte er ...? Hatte sie ihn ...? Die Bilder, die sich mir nun in mein offenes Hirn bohrten, bestanden aus blonden Haaren, nackter Haut, offenen, stöhnenden Mündern ... Igitt. Aber so war er nicht. Nicht so schnell. Oder doch?

Hatte ich es geschafft? Wenn ja, musste das irgendwie gefeiert werden. Mit einem Spontankauf. Wenn nein, musste ich ebenfalls irgendetwas kaufen, aus Frust. Ich belohnte mich zwei Gänge weiter mit einem neuen Wecker, der die Ziffern an die Decke strahlte, und packte noch ein Wii-Balanceboard dazu. Für meine Enkel. Und, nicht zu vergessen, die Übergangsjacke. Grün. Softshell. Total angesagt. So bepackt, verließ ich das Kaufhaus. Sollte ich ihm eine SMS schreiben? Aber nein, dann würde ich nur stören. Wobei? Blond, nackt, Bettwäsche, Fleisch ineinander verkeilt ...

20

»Warum, Bea? Warum?«

Als ich kurz darauf in unsere Garage einfuhr, war Marius' Auto noch nicht da. Ich konnte noch immer nicht glauben, dass es mir allem Anschein nach tatsächlich geglückt war, meinen Plan umzusetzen. »Geglückt«. Über diesen Begriff musste ich mal kurz nachdenken.

Ich schloss die Haustür auf. Alles war still. Chrissy war noch beim Jazzdance. Auf dem Tisch lag ein Zettel: »Bin bei Philipp.« Philipp hieß: Max' Zimmer demnächst nach Drogen durchsuchen. Post-it.

Dann klappte ich den Laptop auf und öffnete LOVETOGO. Tanja war offline. Ach was – weshalb wohl? Aber einen Versuch war's wert gewesen.

Tanja war ein Volltreffer. Marius würde glücklich sein. Immer gut gelaunt. Und er würde mich mit Geschenken überhäufen, um sein schlechtes Gewissen zu beruhigen. Ja, ich hatte es geschafft.

Mit einem Glas Prosecco setzte ich mich auf das Sofa. Der Laptop grinste mich hämisch an. Was kroch da in mir hoch? Zweifel? Nein.

Irgendwann bekam ich Hunger und beschloss, etwas zu kochen. Asiatisch. Das hieß in meinem Fall: Eine Dose Bihuhnsuppe öffnen, aufwärmen, fertig. Irgendwann würde mein Mann zur Tür hereinkommen und sich in Ausreden winden, warum er so spät war.

Schließlich ging tatsächlich die Tür auf. Marius kam herein. Er sagte kein Wort und setzte sich an den Tisch. Als er das asiatische Gericht vor sich sah, stand er auf, ging in die Küche und holte die Flasche Süßsauer-Soße. Davon kippte er stumm gut ein Viertel auf das Bihuhnsüppchen. Ohne den Blick zu heben, fragte er:

»Wo sind die Kinder?«

»Chrissy beim Jazzdance und Max schraubt bei Philipp an seinem Mofa.« Nun dachte ich, es wäre an der Zeit, meine Trumpfkarte auszuspielen:

»Wo wars ...«

»HALT DIE KLAPPE!«, brüllte er und schlug mit der flachen Hand auf den Tisch. Ich zuckte zusammen. Bedrohlich hob er den Kopf. »Du weißt verdammt genau, wo ich war!«

Wie jetzt? Was sollte das werden?

»Sag mir nur eins: Warum?«

»Wo warst du denn? Ich habe auf dich gewartet.«

»Nein, das hast du nicht! Du bist eine intrigante Schlange. Du hast mich absichtlich in diese Falle tappen lassen. TANJA hat mir alles erzählt! Und weißt du warum? Weil ich die Polizei rufen wollte.«

»Die Polizei?« Wie viel Fragezeichen kann man in sein eigenes Gesicht malen? Ich war ein wenig verwirrt.

»Als ob du das nicht wüsstest. Wer ging alles auf dein Konto, hä? Die Autopanne? Die Zahnlose im Park? Wer noch? Doch nicht etwa auch die Alte in der Praxis??? LOVETOGO! Du bist doch KRANK! Tanja hat mir alles erzählt. Dass du mich loswerden willst, dass du unter ›Peter Alster‹ bei einer Seitensprungagentur Frauen für mich suchst.«

Das war jetzt nicht wahr, oder? Dieses kleine Dreckstück! Sie hatte mich verraten!

»Was ist passiert?«, fragte ich bemüht neutral nach.

»DEINE Tanja hat mich gebeten, ihr bei der Einrichtung ihrer Webcam zu helfen. Und weil meine liebe Frau mir per SMS ›frei‹ gegeben hat ...«

Angriff: »Ich habe dir nicht ›frei‹ gegeben, ich habe geschrieben: ›Bis nachher‹. Damit meinte ich ›im Kaufhaus‹.«

»Hör auf, Bea. Hör bitte auf! Ich bin mit TANJA mitgegangen, um ihre Webcam anzuschließen ...«

»Um mit ihr zu vögeln!«

»Nein, Bea. Weil ich sauer war auf dich und weil ihre Wohnung auf dem Weg lag und ich ein völlig hirnverbrannter Idiot war.«

»Du Armer!«, bemerkte ich so ironisch, wie mir das in diesem Moment möglich war. Er war also wirklich bei ihr in der Wohnung. In der Wohnung!

»Aber rate mal, was, Bea? Sie hatte bereits eine Webcam!«

Ach was!

»Als ich sie fragte, was das solle, hat sie sich an mich rangeschmissen, mir erzählt, wie geil ich doch sei und wie toll ich aussähe, und wie gerne sie meinen Schwanz lutschen wolle.«

Die Frau war wirklich gut.

»Für nur 50 Euro!!!«

Die Frau war Scheiße. »Hast du sie gevögelt?«

»Nein! Und weißt du, warum nicht?«

Nein. Wusste ich nicht.

»Weil ich dich liebe, Bea!«

Warum funktionierte das nur in Filmen, dass man die Zeit anhalten konnte? Ich müsste mich mal kurz sortieren, bitte. Aber wie immer in solchen Situationen, fallen einem die Worte schneller aus dem Mund als es gut wäre. So auch mir: »Ich dich aber nicht mehr.«

Marius stand auf – langsam, bedrohlich – und blickte mir fest in die Augen: »Du willst mich also loswerden.«

Ja.

»Das kannst du nicht. Ich werde bei dir bleiben, egal, was passiert. Schon alleine wegen der Kinder und wegen meines Vaters. Geh fremd, dann haben wir eine Lösung. Dann lasse ich mich scheiden und jedes Gericht der Welt wird mich frei von Schuld sprechen.«

Er ging zur Tür, nahm seine Jacke, drehte sich noch einmal um und fragte leise: »Warum?«

Ich kochte vor Wut. So war das alles nicht geplant gewesen. Diese blöde Tanja hatte mir alles versaut. Im Schuldzuweisen war ich schon immer unschlagbar.

Traurig sagte Marius: »Nein, Bea. Diese TANJA trägt keine Schuld.« Hatte ich das eben laut gesagt?

Seine Stimme zitterte: »Warum?«

»Du willst wissen warum?«, schnaubte es plötzlich aus mir heraus. »Weil du mich nervst! Weil ich deine alten Socken hasse. Weil ich dein Schnaufen am Tisch nicht mehr ertragen kann. Weil ich deinen Gang nicht mehr ertragen kann. Weil ich deinen Scheiß Hackbraten nicht mehr ertragen kann. Weil ich es nicht mehr ertragen kann mit dir zu schlafen!«

Marius wartete, ob noch etwas kam. Dann drehte er sich um und verließ das Haus.

»Wo willst du denn jetzt hin?«, rief ich ihm hinterher.

»Freunde«, war das letzte Wort, das traurig auf der schmutzigen Fußmatte liegen blieb.

»ABER DU HAST KEINE FREUNDE!«, schrie ich ihm so verzweifelt nach, wie man jemandem nachschreit, der einen durch den dichten Nebel der Enttäuschung schon nicht mehr hören konnte. Aber Chrissy konnte mich hören. Gut sogar, sie trat gerade durch die noch offene Tür. »Wo will Papa hin?«

»Weg.«

»Habt ihr gestritten?«

»Nein.«

21

Meerjungfrau auf Landgang

Die nächsten Tage verliefen ruhig. Unangenehm ruhig. Waffenstillstand. Außer, dass wir jetzt einen Termin bei einer Paartherapeutin hatten. Am nächsten Freitag. Danke, TANJA.

Marius war erst spät in der Nacht zurückgekommen und hatte auf dem Sofa geschlafen. Ich hatte keine Ahnung, wo er gewesen war. Getrieben von schlechtem Gewissen, schrieb ich ihm nachts noch eine SMS: »Es tut mir leid.« Was genau mir leid tat, wusste ich selber nicht. Aber ich hatte einen emotionalen Kater. Das Ganze war völlig anders geplant gewesen. Ich bin Löwe und kann mit Änderungen in der Matrix nicht gut umgehen. Auf meine Nachricht bekam ich nie eine Antwort.

Max war auch erst spät nach Hause gekommen. Er hatte Marius geweckt, als er im Dunkeln gegen den Tisch gestoßen war. Ich hörte vom Schlafzimmer aus, wie die beiden miteinander redeten. Konversationsfragmente wie »Reiß dich zusammen, Max!« und ein schnippisches »Jaja, ... Erlaubnis fragen ... besten Kumpel gehen« konnten mich nicht wirklich ins Bild setzen, um was da gerade ging. Aber Max war ein guter Junge, der wusste was er durfte und was nicht. Er brauchte nur halt in letzter Zeit öfter mal eine starke Hand. Ich wünschte nur, ich hätte sie ihm geben können, aber dafür war ich zu sehr mit meinen eigenen Problemen beschäftigt. Konnten Kinder nicht einfach so erwachsen werden? Mussten die immer die Eltern da mit reinziehen?

Ich erinnerte mich an ein Post-it in meinem Kopf: »Max' Zimmer durchsuchen.« Vielleicht sollte ich mal wieder meine Post-its durchgehen. Post-it.

Mein Laptop ruhte vor mir auf meinem Schreibtisch und somit auch der Zugang zu LOVETOGO. Keine Marionetten mehr, die ich tanzen lassen wollte. Keine Vorwürfe mehr, keine Anschuldigungen mehr. Jetzt war Schluss damit. Ich hatte meine Lektion gelernt.

Zeit für To-Do's: Was hatte sich denn so angesammelt? Ich überflog die gelben Zettelchen. »Marlene alles erklären«. Ja, das musste ich tun. »Mit Chrissy ein Mutter-Tochter-Gespräch führen«. Ja, das musste ich auch. Die anderen nicht erledigten Post-its erinnerten mich an Dinge, die ich erst angehen konnte, wenn ich Marius los war, all die schönen Dinge, die ich tun wollte, wenn ich frei war. Na, das hatte ich vorerst schön vermasselt.

»Max' Zimmer durchsuchen« – ja, dann würde ich halt damit anfangen. Ich ging an seine Tür und ignorierte mit mütterlicher Neugier das Schild: »Keep out«. Im Zimmer meines Sohnes etwas zu suchen, war nicht schwer, etwas zu finden dagegen schier unmöglich. Aber ich hatte ja eine Vermutung, wonach ich suchen musste. Insgeheim hoffte ich natürlich, Max wäre schlau genug gewesen, um seine Geheimnisse so gut zu verbergen, dass ich sie nicht finden würde, sonst wäre ich nämlich gezwungen, etwas zu unternehmen und das bedeutete Erziehungsarbeit. Darin war ich ja offensichtlich nicht die Beste. Obwohl ich schon stolz war, dass die Kinder beide noch regelmäßig zur Schule gingen, nicht an der Nadel hingen und noch keine Enkel ins Haus standen.

Teenagerverstecke kannte ich nur zu gut, schließlich war ich selber mal einer gewesen. Ich hatte damals neben dem Bett ein Loch hinter der Verkleidung, da konnte ich meinen Eckes Edelkirsch aufbewahren. Nicht einmal beim Staubsaugen kam meine Mutter dahinter und ich konnte mich nach Herzenslust volllaufen lassen. Mit Eckes Edelkirsch. Mir war so schlecht. Und witzig war es auch nicht, betrunken am Abendessenstisch zu sitzen. Mit 13.

Max war nicht so kreativ wie ich. Ganz der Papa. Ich zog an der Schublade seines Schreibtisches. Verschlossen. Max war vergesslich. Der Schlüssel musste also irgendwo in der Nähe sein. Irgendwo, wo seine Mutter nicht aufräumen oder hingucken würde. Wir hatten einen Notschlüssel für den Fall, dass eines der Kinder seinen Haustürschlüssel vergessen hatte, in die Abdeckung der Lampe vor dem Haus gelegt. Da kam niemand drauf. Aber Max würde es mir doch nicht so einfach gemacht haben? Ich griff in die Abdeckung seiner Deckenlampe. Nee, Max. Das war jetzt nicht wahr!

Nachdem ich die Schublade geöffnet hatte, konnte ich zunächst nichts Verdächtiges finden: Papiere, Stifte, was eben so rumliegt in einer Schublade. Ganz hinten jedoch erregte eine Tintenpatronenschachtel meine Aufmerksamkeit. Ich öffnete sie. Meine Güte, ich hatte es geahnt. In meiner Hand grinste mich eine Plastiktüte an, für deren Inhalt zu erraten ich kein Botaniker sein musste. Gras. Philipp! Dieser kleine Wichser.

Und was bedeutete das jetzt? Musste ich mit Max zur Drogenberatungsstelle? Er war 15! Auf jeden Fall musste ich mit Marius darüber reden. Mist, das hätte ich mir gerne erspart. Drogen bei seinem Kind zu finden, bedeutete bestimmt irgendetwas. Aus pädagogischer Sicht. Und mir dünkte, es war nichts Gutes. War das nun der Beweis, dass ich als Mutter versagt hatte? Oder war das inzwischen normal bei Jugendlichen? Immerhin hatte ich auch früher alles Mögliche ausprobiert. Und meine Eltern hatten auch keine Ahnung davon gehabt.

Oder hatten sie doch eine gehabt und nur geschwiegen, weil sie mir vertrauten?

Wenn ich jetzt auch noch bei Chrissy spionieren würde, was würde ich da wohl finden? Ein Enkelkind hinter dem Bett? Für heute reichte es mir zunächst einmal. Ich hatte die Kontrolle über meine Kinder verloren. Ich war eine schlechte Mutter.

Sorgfältig packte ich alles wieder an seinen Platz zurück und ging ins Arbeitszimmer. Wenn Max und Chrissy aus der Schule kamen, erwarteten sie ein Mittagessen. Das sollten sie haben. Jeder vier Euro für den Dönerladen.

Nachdenklich klappte ich den Laptop auf. Das Internet musste doch Rat wissen, wie man sich bei drogenabhängigen Teenagern verhält. Vielleicht hatten sie genauso gute Tricks auf Lager wie damals, als ich unbedingt den Rotweinfleck aus Marius Hemd kriegen musste. Haarspray bei Kugelschreiber an der Schranktür hatte auch super funktioniert und meine selbstgebastelte Fruchtfliegenfalle aus Zitrone und Nelken war längst schon legendär.

In der Browsermaske erschienen meine letzten zwölf aufgerufenen Seiten fein nebeneinander drapiert. LOVETOGO. Na gut, man konnte ja mal kurz in Nostalgie schwelgen. Klick. Außerdem musste ich noch meinen Account löschen. Schließlich bezahlte ich Golddukaten für diesen Mist. Ich loggte mich ein.

Ping. Was sollte das? »Lieber Peter, du hast fünf neue Vorschläge.« Danke auch, kein Bedarf. Ich lehnte mich in meinem Bürostuhl zurück. Von Weitem sahen die Frauen richtig niedlich aus. Gut, gucken kostet ja nichts. Ich scrollte durch. Nett, nett, nett, nett. Ich hatte nur leider kein Interesse mehr an weiteren Katastrophen. Ich führte den Mauszeiger auf »Account löschen«. Klick. Wollen Sie wirklich Ihren Account löschen? Nein, ich wollte eine Pizza bestellen. Oh Mann, diese Marketingprofis.

Ping. Arielle möchte mit dir chatten. Arielle? Die Meerjungfrau? Einen blöderen Namen konnte sie sich nicht ausdenken. Es kribbelte mir in den Fingern. Mein Selbstbewusstsein war die letzten Tage auf die Größe einer Erbse geschrumpft und konnte ein bisschen Wachstumsfluid gut gebrauchen. Nur ein bisschen chatten. Mit ARIELLE. Einem ahnungslosen, dummen Fisch. Das wird ein Spaß.

»Hallo Arielle.« Send.

Ping. »Hallo, Frau Alster.«

»Wie geht es Ihnen?« Send. Hihi, ich hatte es voll drauf.

Ping. »Gut. Die Frage ist aber doch eher, wie es Ihnen geht?«

»Wieso das denn?« Send.

Ping. »Weil Sie einen Seitensprung für Ihren Mann suchen.«

Hoppla. Noch nie hatte mich auf diesem Portal jemand nach meinem Befinden gefragt und warum ich das tat. Mal abgesehen davon, dass ich auch nicht geantwortet hätte, das ging schließlich niemanden etwas an. Dennoch war es nett von Arielle, nachzufragen. Zumindest empfand ich das so.

»Heißen Sie wirklich Arielle?« Send.

Pause.

Ping. »Arielle lebt in ihrer Welt. Sie ist dort glücklich. Sie hat dort ihre Familie, ihre Freunde. Ab und zu taucht sie auf, um eine andere Welt zu sehen und zu fühlen. Aber sie weiß, wo sie hingehört.«

»Ach so, und ich dachte, Sie seien mehr Jungfrau, oder so.« Brüller. Send.

Pause. »'Tschuldigung ;-).« Send.

Ping. »Wie sehen Sie aus?«

Bevor ich diese Frage beantworten wollte, musste ich einen Blick auf Arielle werfen. Ihr Profilfoto zeigte eine blonde Frau Anfang 40. Ihre leicht gekräuselten Haare lagen auf den Schultern auf. Ihr Gesicht war weich und warmherzig. Vertrauenserweckend. Sie war leicht geschminkt und trug einen rosenholzfarbenen Lippenstiftton. Damit wirkten ihre Lippen gepflegt, aber nicht aufdringlich. Das Foto wurde in einer Art Wohnzimmer aufgenommen. Hinter Arielles Kopf sah man die Sessellehne und dahinter eine Bücherwand. Gesamteinschätzung: Mutter zweier Kinder, Mittelschicht, Mann vielleicht Lehrer, gebildet.

»Mein Mann steht auf blond.« Send.

Ping. »Sind Sie auch blond?«

»Nein, im Moment rot. Aber das ändert sich ständig.« Send.

Ping. »;-)«

Irgendwie mochte ich Arielle. Sofort.

»Ich muss Sie enttäuschen.« Send.

Ping. »Womit?«

»Sie haben doch Kontakt zu mir aufgenommen, weil Sie ...« Jetzt hätte ich fast geschrieben »auf meinen Mann scharf sind.« Stattdessen tippte ich ein: »... meinen Mann kennenlernen wollen.« Send.

Ping. »Ja. Er sieht nett aus.«

Hatte die was an der Linse? »Ja. Aber ich möchte das hier nicht mehr machen.« Send.

Ping. »Lieben Sie ihn noch?«

Pause. »Nein.« Send.

Der grüne Punkt neben Arielles Namen, der anzeigte, dass sie online war, erlosch in mausgrau. Offline.

22

»Ich brauche ein bisschen Leidenschaft«

Am Abend nach diesem seltsamen Chat mit Arielle kam Marius zur üblichen Zeit nach Hause, warf gut gelaunt seine Regenjacke über den Haken und stellte den Schirm in den Ständer. »Was gibt's zum Essen?«

»Ratatouille.«

»Ja, aber was gibt es als Hauptgericht?«

»Das ist das Hauptgericht.«

»Nein, das ist nur Gemüse.«

»Ja.« Ich blickte auf seinen Bauch, der sich über den Gürtel wölbte.

Marius griff zu der Pfeffermühle und drehte sie vier Mal über dem Gemüse. Das Gleiche machte er mit der Salzmühle.

»Du hast doch noch gar nicht probiert.«

Das Gemüsegeschnippel hätte ich mir auch sparen können, aber Marius sollte ruhig ein paar Vitamine bekommen.

»Ich weiß«, sagte er und begann, die Ratatouille in sich hinein zu schaufeln. Nicht gerade geräuscharm.

»Haben die Kinder schon gegessen?«

Ja, lecker Döner heute Mittag. Und ich werde die Reste davon verputzen, sobald du im Bett bist, dachte ich, ehe ich »Ja« sagte und mich zu ihm setzte. »Marius, ich muss mit dir reden.«

Marius hielt inne und legte seine volle Gabel langsam wieder zurück auf den Teller. Sein Atem ging flach. Seine Sinne schienen aufs Höchste angespannt zu sein. Er erinnerte mich an ein Kaninchen, das seine Aufmerksamkeit in alle Richtungen lenkte, um bei der kleinsten Gefahr hakenschlagend davon zu hoppeln.

»Ja. Was?«

»Max nimmt Drogen.« Jetzt war es raus.

Marius atmete aus. Es klang fast wie Erleichterung. »Woher weißt du das?«

»Ich habe Gras in seiner Schublade gefunden.«

»Du hast ihm hinterher spioniert?«

Äh, wie meinen? »Ja, natürlich! Er kommt nach Hause, riecht nach Rauch. Verhält sich seltsam. Natürlich muss ich da als seine Mutter wissen, was los ist.«

»Als ›seine Mutter‹ hättest du es gar nicht erst so weit kommen lassen dürfen. Als ›seine Mutter‹ hättest du merken müssen, dass dein Sohn vielleicht ein bisschen mehr Aufmerksamkeit braucht. Genau, wie deine Tochter übrigens auch.«

»Wie bitte?«

»Schau dich doch mal um? Hast du hier überhaupt noch irgendwas im Griff? Du hängst nur rum, lässt dich gehen. Jammerst, was für einen schrecklichen Mann du hast. Bemitleidest dich selber. Hängst den ganzen Tag am Computer. Deine Familie geht den Bach runter.«

»Das ist auch DEINE Familie!«

»Ja, und zwar im Moment mehr als du denkst! Ich wusste schon lange, dass Max ab und zu kifft. Und Chrissy hat ihre Tage bekommen. Weißt du was? Wenn du schon keine Familie haben möchtest, dann lass uns wenigstens in Ruhe. Gute Nacht.«

Damit ließ er mich stehen. Arschloch. Wenn Chrissy ihre Tage bekommen hätte, wäre ich ja wohl die erste gewesen, die das erfahren hätte! Meine Tochter würde nie etwas vor mir verbergen. Und wer sagte überhaupt, dass Max das Gras tatsächlich selber konsumierte? Vielleicht bewahrte er es nur für einen Kumpel auf. Konnte doch sein.

Ohne links und rechts zu denken, drängte sich mir plötzlich ein Gedanke auf: Marius war so verletzt durch meine LOVE-TOGO-Aktion, dass er von jetzt an nur eines im Sinn hatte: mir sukzessive meine Familie wegzunehmen. Meine Kinder langsam auf seine Seite zu ziehen. Aber das sollte ihm nicht gelingen.

»Arielle?« Send.

Einsame Herzen sind immer online. Jetzt hoffte ich, Arielle würde nicht gerade auf Meeresoberflächenbesuch sein, sondern mit ein paar kräftigen Flossenschlägen in meine Chatblase schwimmen.

Ping. »Hallo Frau Alster.«

»Sind sie eigentlich immer online?« Send.

Ping. »Oft.«

»Merkt ihr Mann nichts davon?« Send.

Pause. Ping. »Nein. Er sieht fern und denkt, ich arbeite noch.«

»Was arbeiten Sie denn?« Send.

Pause. Ping. »Ich bin Lehrerin.«

Ach was. »Arielle?« Send.

Ping. »Ja?«

»Haben Sie noch Interesse an meinem Mann?« Send.

Pause. Ping. »Was ist passiert?«

»Er ist ein Arschloch.« Send.

Ping. »Dann nehm ich ihn nicht ;-).«

»Doch, bitte!« Send.

Lange Pause. Ich holte mir aus Nervosität einen Kaffee. So spätabends durfte ich normalerweise keinen Kaffee trinken, aber mir war jetzt danach. Hey, ich chattete mitten in der Nacht mit einer sehr sympathischen Meerjungfrau, die meinen ausgelatschten Frosch gegen die Wand klatschen sollte, da konnte ich auch mal einen Kaffee außer der Reihe trinken.

Ping. »O. k.« GROẞARTIG!

»Gut. Könnten wir vielleicht Videochatten? Damit wir ein Bild voneinander haben?« Send.

Ping. »Ich habe keine Webcam.«

»Ich kenne eine, die hat zwei.« Send.

Ping. »Wie bitte?«

»Ach, nichts.« Send.

»Ich habe schon sehr schlechte Erfahrungen hinsichtlich der ausschließlich schriftlichen Form der Kontaktaufnahme gemacht. Könnten wir vielleicht telefonieren, das würde vieles vereinfachen?« Send.

Ping. »Mein Mann ist nebenan. Ich kann nicht.«

»Das verstehe ich. Gut. Meiner schläft. Das höre ich am Schnarchen.« Send.

Ping. »Viele Männer schnarchen.«

Meine Güte, war die nett. »Arielle?« Send.

Ping. »Ja?«

»Erzählen Sie meinem Mann nichts davon. Bitte.« Send.

Ping. »Frau Alster, ich brauche keine Katastrophe in meinem Leben, ich brauche ein bisschen Leidenschaft. Unser Geheimnis ist bei mir besser aufbewahrt als Sie denken.«

»Ich gebe Ihnen jetzt alle Informationen, die Sie brauchen. Treffen Sie ihn, wann Sie wollen. Machen Sie ihn glücklich. Ich glaube, Sie sind die Richtige.«

Dann tippte ich Marius' wahre Identität in die Chatblase, wo er arbeitete usw. Send.

Ping. »Danke. Ich bin sehr gespannt auf Ihren Mann.«

»Arielle, warten Sie!« Send.

»Haben Sie eine E-Mailadresse?« Send.

Zu spät. Arielle war offline.

23

Morgensex hat (kein) Gold im Mund

Am Abend darauf, es war bereits nach 22 Uhr, waren Max und Chrissy längst in ihren Zimmern. Nur von Marius gab es noch kein Lebenszeichen. Das beunruhigte mich ein wenig. Nicht viel, aber doch so viel, dass ich ab und zu zur Straße hin lauschte, ob ich ein Auto vorfahren hörte. Ich konnte mich aber beherrschen, ihm eine SMS zu schicken. Schließlich war ich mir nicht sicher, wo er sich wirklich befand. Aber vielleicht war er ja doch auf dem Meeresgrund bei Arielle. Allerdings fand ich trotz allem, dass er es mir – als seiner Ehefrau – schuldig war, sich zu rechtfertigen, wenn er so lange wegblieb. Gefälligst.

Also bereitete ich eine SMS vor: »Wo bist du?« So ein Quatsch. Dann müsste er sich etwas einfallen lassen. Er müsste lügen. Oder er war wirklich noch bei einem Termin. Bei einem Notfallpatienten. Das kam schon mal vor. »Wo bist du?« würde auch darauf hindeuten, dass ich mich dafür interessierte, was er tat. Und diesen Eindruck wollte ich ihm auf gar keinen Fall vermitteln. Also legte ich das Handy wieder weg.

Im selben Moment kam Marius zur Tür herein. Er warf gut gelaunt seine Jacke über den Haken. Ich hatte ein Déjà-vu.

»Hallo Mausi.«

Mausi? In welchem Paralleluniversum war der denn gefangen? Eigentlich war ich seit Tanja der Meinung gewesen, es hätte sich ausgemausit. Für immer und ewig.

»Gute Nacht«, antwortete ich unbeteiligt und ging zur Treppe.

»Gute Nacht«, bestätigte er noch entspannter.

Ha, ganz offensichtlich fühlte er sich sicher. Jetzt konnte und musste ich meinen Giftpfeil abfeuern. Ich drehte mich zu ihm und fragte, so unschuldig ich das in Vorabendsoaps tausendfach gesehen hatte: »Wo warst du?«

Marius holte sich ein Bier aus dem Kühlschrank. Seltsam. Es schien, als hätte auch er schon mal Soaps geguckt, ohne dass ich das wusste: »Mausi, ich war bei einem Termin.«

»Was für einem Termin?«

»Ein Schmerzpatient aus dem Hilton, da konnte ich nicht Nein sagen. Das verstehst du doch.«

Ja, ich verstand. Sehr gut sogar.

»Ach so«, spielte ich stattdessen die unterbelichtete Ehefrau, die sich nicht im Entferntesten vorstellen konnte, dass ihr Mann, den sie selbst vor Tagen noch an die Erstbeste verschachern wollte, sie anlügen würde. Ein Schmerzpatient.

Plötzlich summte es in Marius Hose. Eine SMS.

»Du hast eine SMS bekommen.«

Marius nahm einen Schluck aus der Flasche. »Das ist nur der Newsticker.«

Ich sagte nichts, stand immer noch an der Treppe.

Marius sah mich erstaunt an: »Was dachtest DU denn?«

Boah, wie gemein. Jetzt drehte er den Spieß um! Jetzt spielte er den armen, zu Unrecht Verdächtigten. Gleich morgen früh musste ich Arielle kontaktieren. Ich musste wissen, ob sie ihn getroffen und er mir gerade knallhart ins Gesicht gelogen hatte.

Nachdem ich mir die Zähne geputzt hatte und aus dem Bad noch einmal kurz nach unten kam, sah ich gerade noch, wie Marius auf dem Sofa das Handy wieder wegsteckte. Ich glaubte, jetzt wäre der richtige Zeitpunkt gekommen, um paranoid zu werden. Aber das hätte ich mir nie eingestanden, also wurde ich es auch nicht. Oder doch?

Im Bett blieb ich wach und grübelte. Es gab ein todsicheres Mittel herauszufinden, ob heute tatsächlich etwas gelaufen war. Das war zwar mühsam und kostete mich einige Überwindung, aber ich musste einfach wissen, was los war. Als Marius sich neben mich legte, tat ich so, als ob ich schliefe. Hatte er geduscht? Vor dem Schlafengehen? Jedenfalls roch er so. Ja, er hatte. Sogar mit Seife.

Ich wartete noch ein Minütchen, dann robbte ich mich wie im Schlaf an ihn heran und positionierte meinen Po an seinem Oberschenkel. Natürlich »nur« im Schlaf. Im Wachzustand wäre das alles nach den Geschehnissen der letzten Tage absolut verräterisch, ja, lächerlich gewesen. Es war sowieso ein Wunder, dass er bei mir im Bett schlief. Ich wette, er hätte sich lieber wieder aufs Sofa verzogen, damit er in Ruhe an sich herumspielen konnte – mit den Gedanken an Fischschuppen. Aber er legte großen Wert darauf, dass die Kinder nichts mitbekamen. Und wenn man 16 Ehejahre in einem Bett verbracht hat, dann war das wie das Po-Abputzen nach dem Toilettengang. Reine Gewohnheit.

Bald spürte ich, dass er bemerkte, wie nahe mein Geschlechtsteil in die erreichbare Nähe des Seinen gerückt war. Aber er zeigte keine Reaktion. Allerdings zuckte er auch nicht weg. Wenn wir jetzt das Spiel spielten: »Wer stellt sich besser schlafend?«, dann hatte er schon verloren. Oder glaubte er immer noch, dass ich in 16 Ehejahren nicht gelernt hatte, mich perfekt tot zu stellen, wenn er mit frühmorgendlicher Fingerakrobatik in meinem Vaginalbereich versucht hatte, Aufmerksamkeit zu erhaschen, um mir am Ende dann seine Morgenlatte stolz zwischen die Beine schieben zu können? Nein. In diesen

Momenten war ich jedes einzelne Mal hellwach gewesen, denn es fällt mir persönlich sehr schwer zu schlafen, wenn ein fremdes Stück Fleisch zwischen den Schamlippen steckt. Ganz zu Anfang, noch lange vor unserer Hochzeit, fand ich es sogar toll, von Marius zärtlich geweckt zu werden, indem er sich an mich heranpirschte und mir zu verstehen gab, dass es ihm egal war, welche Ausdünstungen nach einer Nacht aus meinen Poren und Körperöffnungen traten. Wir fanden es beide toll, uns schon am Morgen leidenschaftlich zu lieben – und es gibt ja durchaus Stellungen, bei denen man sich nicht gegenseitig ins Gesicht atmen muss.

Aber irgendwann, ich glaube, es war während der ersten Schwangerschaft, fand ich überraschenderweise überhaupt keinen Gefallen mehr an sportlichen Aktivitäten vor dem Aufstehen. Als das Kind dann da war, war ich froh, wenn ich bis zur ersten Melkung des Tages schlafen konnte. Ich hatte zwei Möglichkeiten: Entweder ich sprach mit Marius darüber, dass ich keine Lust mehr auf Morgensex hatte, oder ich stellte mich tot. Irgendwann gab er es schließlich auf, eine »Leiche« zu befummeln.

Jetzt jedoch rührte er sich noch immer nicht. Kein bisschen. Obwohl ich schon mich zwei Mal bewegt hatte. Im Schlaf. Natürlich. Noch ein gezieltes Wälzen im Traum und meine Hand kam zwischen seinen Beinen zu liegen. Was ich da fand, war weich und schlaff. Oh, mein Gott, das bedeutete, dass er schon Sex gehabt hatte heute Abend. Ganz ruhig bleiben, Bea. Das hieß noch gar nichts. Manchmal brauchte »er« eben ein paar Minuten, um zu begreifen.

Ich musste forscher werden. Meine Hand, die Hand der Schlafenden, bewegte sich auf dem uninteressierten Stück Fleisch ein wenig. Gerade so, dass man noch davon ausgehen konnte, dass ich würde träumen. Einen verrückten Traum.

Einen, in dem ich anscheinend Wagenladungen Kuchenteig kneten musste. Sich jetzt noch schlafend zu stellen, war bescheuert.

»Willst du?«

Bitte? Ich verführte ihn hier nach allen Regeln der Kunst und er fragte »Willst du?«.

Zeit zu kontern: »Willst DU?«

Marius nahm meine Hand auf seinem Geschlechtsteil in seine und drückte sie sanft darauf. Es schwoll langsam an. Frage beantwortet. Fast jedenfalls. Also, entweder war er einfach nur eine geile Sau, der es nichts ausmachte, eine Meerjungfrau und eine alternde Ehefrau innerhalb von wenigen Stunden zu besteigen. Oder er war mir treu gewesen und freute sich nun auf die Befriedigung seiner rudimentärsten Bedürfnisse.

Wir schliefen miteinander. Es dauerte keine halbe Stunde. Es war schnell und leidenschaftslos.

Minuten später nuschelte er: »Gute Nacht, Mausi.«

»Gute Nacht«, nuschelte ich zurück.

Meine physische Aufopferung auf der Suche nach der Wahrheit hatte mich kein Stück weiter gebracht. Ich schlich mich aus dem Bett und ins Arbeitszimmer, klappte den Laptop auf und schrieb eine Nachricht an meine Meerjungfrau: »Arielle, haben Sie ihn schon getroffen?« Send.

24

Alles o. k. Alles o. k.???

Am nächsten Morgen brannte es mir unter den Fingerkuppen: Ich musste an den Computer. Ich musste wissen, ob sie geantwortet hatte. Und vor allem WAS. Wenn es sein musste, konnte ich morgens ganz furchtbar schnell sein. Zack, Pausenbrote gemacht. Zack, Kaffee gekocht, Tisch gedeckt. Ich überlegte kurz: War es auffälliger, wenn ich morgens früh wie eine Irre an den PC hechtete oder wenn ich nervös wie auf Entzug meine Fingernägel bis auf den Stumpf abnagte?

Endlich klickte die Tür hinter dem Letzten ins Schloss. Tschüss Kinder, Tschüss Mann.

Schnell an den Computer und zu LOVETOGO. Beim Einloggen musste ich nicht einmal mehr hingucken.

Ping. Arielle war online. Sie schrieb nur ein Wort: »Ja.«

Aha! Ich war also doch nicht paranoid.

»Und?« Send.

Ping. »Er ist nett.«

»Haben Sie miteinander ...« Aber noch bevor ich den Satz zu Ende schreiben konnte, war Arielle offline.

»Ich gebe Ihnen meine Handynummer. Rufen Sie mich an, wenn Sie Zeit haben.«

Dann tippte ich meine Nummer als Nachricht auf ihren Account. Kontrollierte noch einmal die Ziffern. Send. Bei ihrem nächsten Login würde sie unter »Neue Nachrichten« meinen höchst privaten Kontakt finden.

Ob das eine gute Idee war, wusste ich nicht. Aber darüber konnte ich mir jetzt nicht den Kopf zerbrechen. Wichtig war einzig und allein die Frage, ob Marius mich betrog oder nicht. Um das mal klarzustellen, das interessierte mich nur aus pragmatischen Gründen. Schließlich hatte ich eine lange To-Do-Liste erstellt, was ich alles machen wollte, wenn ich frei war. Ich war nicht eifersüchtig, Nein. Nein, wirklich nicht.

Den ganzen Vormittag über schaute ich regelmäßig bei LOVETOGO vorbei. Mein Handy trug ich bei mir. Ich durfte auf keinen Fall verpassen, wenn sie sich meldete. Sogar auf der Toilette legte ich es neben mich. Ich trug es so nah an meinem Körper, dass nur ein chirurgischer Eingriff es vor dem Tragen unter der Epidermis bewahrte. Aber Arielle antwortete nicht.

Mal überlegen: Sie hatte im Chat geschrieben, dass sie Lehrerin sei. Das bedeutete, dass sie vormittags in der Schule war. Oder was für eine Lehrerin war sie? Ja, was war sie? Und WER war sie überhaupt? Ich hatte keine Ahnung, mit wem Marius sich heimlich traf, ohne, dass ich »nichts davon wusste«.

Mein altes Schnellschussproblem: immer schnell, schnell. Alles aus dem Affekt heraus. Nicht mal für einen Pfennig vorher nachdenken. Gut, dann musste ich halt jetzt nachdenken: Sie hatten sich also getroffen. Und Marius lebte noch. Sie war also keine Serienmörderin. Und offensichtlich kein Monster, sonst hätte Marius nicht so gute Laune gehabt. Sie tat ihm gut. Oh.

Piep-Piep. Mein Handy. Eine SMS. Eine Nummer, die ich nicht kannte. »Alles o. k. Gruß Arielle.«

Alles o. k.? Was? Ich schlug mir die Nacht um die Ohren, machte mir Gedanken und meine Beine breit und alles was kam, war ein nichtssagendes »Alles o. k.«? Aber nun hatte ich sie. Ich hatte ihre Handynummer und damit die Kontrolle zurück.

»Wie war es?« Send. Wenn man eine SMS sendet, aber keine Antwort erhält, hat man übrigens keine Kontrolle mehr. Das Handy schwieg.

Warum hatte sie mir ihre Handynummer gegeben? Ich konnte sie anrufen, wann immer ich wollte. Ich konnte sie fertig machen, wenn ich wollte. Aber ich tat es nicht. Und schon hatte ich den Grund, warum sie mir ihre Handynummer gegeben hatte: Sie wusste, dass ich die Hufe stillhalten würde. Sie wusste, dass ich meine neugewonnene Freiheit nicht mit Drohanrufen oder Eifersuchtsnachrichten aufs Spiel setzen würde.

In den nächsten Stunden las ich diese SMS bestimmt noch dreihundert Mal und erinnerte mich plötzlich an meine Sturm- und Drangzeit. Da verbrachten Marlene und ich Stunden damit, kleine Briefchen über ihre oder meine erste große Liebe zu deuten. Was konnte man nicht alles in Sätze wie »Hab heut keine Zeit« hineininterpretieren. Wir entschieden uns immer, die Aussagen zu unseren Gunsten zu deuten.

Aber Marlene war nicht da, und sie ohne Vorwarnung und lange Erklärungen in medias res zu setzen, wäre ein Verrat an unserer Freundschaft gewesen. Aber ich konnte ja auch ganz gut alleine interpretieren. Also, kriminalistischer Scharfsinn, zeig, was du kannst: »Alles o. k.« konnte heißen, dass er nicht auf sie eingestiegen war. Vielleicht hatte er ihr gesagt, er würde seine Frau über alles lieben und wäre deswegen nicht offen für eine neue Beziehung? Hinter dem »Alles o. k.« stand ein Punkt. Kein Ausrufezeichen. Ein Ausrufezeichen hätte bedeutet, dass sie es getan hatten. Da war aber ein Punkt. Ein Punkt bedeutete Neutralität. Vielleicht hatten sie noch nicht miteinander geschlafen, aber es würde bestimmt beim nächsten Mal passieren. Punkt bedeutete doch, dass bis zu diesem

Augenblick alles o. k. war, aber sich alles noch ändern konnte. Oder was?

»Alles o. k..« konnte aber auch bedeuten, dass alles planmäßig verlief, so wie ICH es wünschte. Das würde dann heißen, dass sie sich gefunden hatten und ich am Ziel wäre. Ja, so musste es sein. Ich brauchte keine weiteren SMS'. Wir verstanden uns auch ohne virtuelle Kommunikation. Arielle war nun die Schattenfrau an Marius' Seite. Dessen war ich mir sicher.

Wenn sie es richtig anstellte, dann würden sie sich heute wieder treffen. Aber das ließ sich ja einfach rausfinden: Tuuut.

»Ja, Mausi?« Marius Stimme klang wie immer gestresst, wenn ich ihn in der Praxis anrief.

»Wann bist du denn heute zu Hause?« Weshalb gibt es für diesen Satz eigentlich keinen Repeatfunktion für gelangweilte Ehefrauen?

»Warum?«

Oha, jetzt musste ich auch noch kreativ werden. »Weil ich mit dir meine Geburtstagsparty durchsprechen wollte.«

Ich hörte ihn atmen, konnte jedoch nicht einordnen, was das bedeutete. Hatte er gestöhnt? Geseufzt? War er genervt?

»Ach ja. Du, ich habe noch drei Patienten rein bekommen. Als Letztes der Dentalphobiker zur Nachkontrolle. Er kann leider nur heute.«

»Heißt?«

»Dass ich noch eine Weile hier beschäftigt bin, Mausi.«

»O. k.« Gleichgültigkeit musste ich nicht vorspielen.

»Tschüss, Mausi.«

Das hieß: Bis gleich. Für mich!

Kurz vor Praxisschluss am gleichen Tag hatte Arielle sich noch immer nicht wieder gemeldet. Brauchte sie aber auch nicht, ich hatte alles unter Kontrolle. Auch mich.

Gegen 14:30 Uhr verließ Marius für gewöhnlich an einem Donnerstag die Praxis, Plus-Minus ein paar Minuten. Und wenn er heute einen »Extratermin« hatte, musste er also auf jeden Fall noch da sein. Sein Auto auf dem Parkplatz würde mir allerdings als Beweis nicht genügen. Ich würde ihn einfach überraschen. Und ich fand, selbst eine Ehefrau, die nur noch eine Fassadenehefrau war, durfte ihren Mann noch überraschen. Hallo Schatz!

Um pünktlich zu sein und ihn vielleicht gerade beim Verlassen der Praxis zu erwischen, stand ich bereits 14:02 Uhr fertig vor der Garderobe und schlüpfte in meine Stiefelchen. Zur Praxis waren es lächerliche 20 Minuten, genügend Zeit also, um mir ein Lächeln im Spiegel zuzuwerfen. Ich konnte mir noch in die Augen sehen. Ich mochte meine Augen. Sie waren dunkelbraun. Die grüne Softshelljacke passte gut. Allerdings nicht zu meinen Stiefeln. Neue Stiefel passend zur Jacke kaufen. Post-it. Und ich hatte auch keine schöne Tasche, die passte. Kaufen. Post-it.

Marius fiel sowieso nie auf, wenn ich etwas Neues trug. Nur an seinen Kontoauszügen bemerkte er, dass sich der Inhalt meines Kleiderschranks restrukturiert hatte. Heute durfte ich mich anziehen, wie ich wollte. Kein oversized T-Shirt, keine ausgetretenen Schuhe. Da ich Marius vermutlich ohnehin nicht begegnen würde, war keine Tarnung erforderlich. Und selbst wenn, würde es ihm wahrscheinlich nicht einmal auffallen, wenn ich eine pinkfarbene Schweinsmaske trüge.

Oh. 14:05 Uhr. Ich musste los. In einer fließenden Bewegung griff ich Autoschlüssel, eine schwarze Tasche und öffnete die Tür. Draußen stand Chrissy und suchte in der Lampe am Eingang nach dem Schlüssel.

»Oh, wie gut, dass du da bist, Mom. Ich muss mit dir reden.«

Neinneinnein, nicht jetzt. »Ja, Schatz, hat das bis später Zeit? Ich muss dringend weg.«

»Und ich muss dringend mit dir reden. Wo musst du denn hin?«

Nicht nur Kleinkinder, auch Teenager hatten noch eine völlig andere Vorstellung von »mal dringend« als Erwachsene. »Mal dringend« hieß für Teenager, immer noch genügend Zeit zu haben, die überaus wichtige SMS »Ich weiß. Hey, der ist ein Spacko. Das gleiche hat er mit Babette gemacht! Lol« zu schreiben oder das Telefonat mit der Mitschülerin in Ruhe weiterzuführen, die man sowieso gleich am nächsten Morgen wieder sehen würde. Für Erwachsene bedeutete in Eile zu sein, keine Zeit zu haben, sich zügig bewegen zu müssen, schnelle Handlungen zu vollführen, den Fast-Forwardknopf zu drücken.

»Zu Papa«, antwortete ich und zog den Reißverschluss meiner Softshelljacke zu.

»Versteht ihr euch wieder?«

»Woher weißt du?«

»Mama, wir sind doch nicht doof.« Chrissy runzelte die Stirn als wollte sie sagen: Hallo?!

Moment, das musste ich jetzt mal dringend schnell klären: »WAS wisst ihr?«

»Mama? Ihr müsstet euch mal hören, wie ihr miteinander redet. Wenn überhaupt. Ihr geht euch ganz schön auf den Sack. Und letzten Samstag habe ich nicht mal was gehört.«

»Gehört?« Oh, nein. Meine eigene Tochter wohnte auditiv unserem Beischlaf bei!

»Mama. Ich bin 13! Ich wusste schon mit 9, was ihr da macht. Max hat's mir gesagt.«

Genug. Ich würde nie wieder mit Marius kopulieren. Nie wieder! 14:17 Uhr. Mist.

»Tschüss, Schatz, ich muss los!«

Mein motorisiertes Blechgefährt trug mich weit aus dem Schambereich hinaus.

Als ich vom Medusenring abfuhr und auf den Parkplatz vor der Praxis einbog, hatte ich nicht nur sämtliche Verkehrsregeln gebrochen, sondern war immer noch zu spät. Ich wollte ihn doch unbedingt dabei erwischen, wie er mich vorsätzlich betrog. Nur zusehen. Nur überprüfen, ob ich Recht mit meiner Vermutung hatte. Nur so ein bisschen spionieren. Aber als ich mein Auto in die freie Parklücke lenken wollte, war da keine. Nein, die ganze Fläche war frei. Nur ein einsames, rostiges Fahrrad lehnte am Zaun vor der Praxis.

Ich schaltete den Motor aus. 14:34 Uhr. Komisch. Nein, eigentlich gar nicht komisch. Als ich mein Handy aus der Tasche kramte, klopfte jemand an mein Fenster. Ich zuckte zusammen. Annemarie. Himmel, musste die mich so erschrecken?

»Oh, ich wollte Sie nicht erschrecken«, grinste sie dummfröhlich über beide Ohren. Ihre weißen Zähne waren ein gutes Aushängeschild für Marius' Künste. Sie hatte noch ihre weißen Arzthelfercrocs an, die sie eigentlich laut Hygieneverordnung ausschließlich in der Praxis tragen durfte, und nestelte an dem Fahrradschloss in ihrer Hand herum. Ich drückte den elektrischen Fensterheber und ließ das Fenster in der Tür versinken.

»Ich wollte gerade abschließen. Hat Herr Dr. Puhlmann etwas vergessen?«

Wenn Annemarie »Herr Dr. Puhlmann« sagte, dann klang das immer so, als hätte er gerade den Nobelpreis in Medizin gewonnen. Ich glaube, seine Helferin wäre vom Glauben abgefallen, wenn sie gewusst hätte, wie Herr Dr. Puhlmann wirklich war.

»Nein.« Warum sollte ich mit der Assistentin meines Mannes nicht ehrlich sein: »Ich wollte meinen Mann von der Praxis abholen.«

Annemaries Augen wurden größer. Hörte ich da ein paar Synapsen platzen? »Aber er ist doch schon seit einer halben Stunde weg. Wussten Sie das nicht?«

»Nein, ich wollte ihn überraschen.«

»Oh, wie süß«, piepste sie. Nächstes Mal würde ich ihr Mäusefutter mitbringen. Annemarie einzuschätzen, fiel mir schwer. Tat sie nur so doof und war tatsächlich für den Empfang einer Zahnarztpraxis überqualifiziert oder war sie intellektuell auf dem Stand einer Nacktschnecke?

»Frau Dr. Puhlmann, wenn Sie wollen, dann rufe ich ihn an.« Sie holte ihr Handy aus der Tasche. Ich runzelte die Stirn. Mein Handy lag immer noch in meiner Hand. »Ach, Frau Dr. Puhlmann, jetzt sehe ich's, Sie haben ja selbst eins dabei.« Ach! »Na dann«, quietschte sie zum Abschied.

Dann legte sie sich das Schloss um den Hals, stieg auf ihr Fahrrad und fuhr in ihren weißen Praxiscrocs davon. Hinter der nächsten Ecke quietschten ihre Bremsen – selbst zum Radfahren zu blöd, dachte ich.

Seit einer halben Stunde also, soso. Das machte mir gar nichts aus. Sollte er doch seinen Spaß haben. Er konnte sein Leben führen und ich meins. So war es ausgemacht. Und wenn jetzt sogar die Kinder im Bilde waren, konnte das Versteckspiel endlich aufhören.

Mein Mann betrog mich also. Mit Arielle, nahm ich an. Und ich vermutete, dass er Angst hatte, sein Vater würde die senile Drohung wahr machen und ihn enterben. Tja, Marius, dann mal die Messer gewetzt.

»Schatz, wo bist du?«, tippte ich ins Handy. Send.

Sofort darauf kam die Antwort: »Bin noch im Labor. Komme gleich heim.« DAS ging aber schnell. Verdächtig schnell!

»Schön. Ich gehe noch bummeln.« Send.

»Ja, mach das. Viel Spaß.«

Quod erat demonstrandum: Marius würde mir nie, niemals »Viel Spaß« zu einem Einkaufsbummel wünschen, wenn er nicht etwas zu verbergen gehabt hätte. »Na gut, aber gib nicht so viel Geld aus« oder »Ich bin aber doch gleich zu Hause« waren die Kommentare, die ich normalerweise auf eine solche Ankündigung zu hören oder zu lesen bekam. »Viel Spaß.« Ja, den würde ich haben.

Schnurstracks steuerte ich die große Shoppingmall mit den wunderbar großen Parkplätzen an. In meinem Zustand konnte ich keine Winzlingsparkplätze vertragen. Ich brauchte Platz!

Stiefelchen in Wildleder und ein passendes Täschchen dazu. An einem Seidenschal und einem Armreif konnte ich leider auch nicht vorbeigehen, die sprangen förmlich in meine Einkaufstüte. Dann ließ ich mir die Nägel machen, aber nur so ein bisschen, es sollte nicht zu aufwändig aussehen. Und »ein bisschen« die Nägel machen lassen kostete fast genau so viel wie eine komplette Rundumerneuerung. Die würde ich vornehmen, wenn ich frei war. Post-it.

25

»Bist du eifersüchtig?«

Als ich nach Hause kam, war Marius schon da. Sehr gut. Er saß auf dem Sofa, trank Bier und spielte an seinem Smartphone herum. Neben ihm lag die Zeitung. Als er mich hörte, legte er schnell das Handy beiseite und erklärte: »Ich wollte dir gerade simsen, wo du bleibst.« Klar doch! Was auch sonst.

»Ich war shoppen«, erklärte ich und legte die Tüten auf das Sofa.

»Schön.«

Das Gespräch gestaltete sich etwas holprig. Ich zog den sündhaft teuren Seidenschal aus einer Tüte und legte ihn mir um.

»Schön«, kommentierte er wieder einsilbig und nippte an seinem Bier.

War das alles? Jetzt musste doch eigentlich kommen: »Und? Was hat mich der Spaß gekostet? Musste das sein? Du hast doch schon so viel.« Wenn ich dann maulte, dass es doch gar nicht so viel war, folgte meistens: »Ja, dann kannst du ja mal selber Geld verdienen, dann siehst du, wie viel so was ist.« Aber Marius schwieg. Und nippte an seinem Bier. Schön. Das war alles, was er sagte.

Ich ging ins Arbeitszimmer. Arielle hatte bestimmt schon auf LOVETOGO geschrieben. Rapport gegeben. Und mir brannte eine dringende Frage in meinen Gehirnwindungen, die nur sie mir beantworten konnte. Laptop auf und einloggen.

»Was wolltest du denn wegen deines Geburtstags besprechen?«

Marius stand in der Tür. Meine Mutter hatte Recht. Wenn ich als Kind in meinem Zimmer etwas Verbotenes gemacht hatte und sie reinkam, zuckte ich immer zusammen: »Mama, hast du mich jetzt erschreckt!« Darauf erwiderte sie immer grinsend: »Hast a schlechts Gwissen, ha?« Jetzt stand Marius in der Tür und ich zuckte zusammen. Ja, ich hatte ein schlechtes Gewissen und verfiel aus Sicherheitsgründen erst einmal in Schockstarre.

»Was du wegen des Geburtstages besprechen wolltest, habe ich gefragt.«

»Ach ja.« Ich klappte wie beiläufig den Laptop zu. »Ich wollte wissen, wie viele Leute wir einladen. Also ICH. Und wie wir das machen und wann und so.«

Marius trat näher. »Sag mal, bist du immer noch in dieser Seitensprungagentur angemeldet?«

Er kam um den Schreibtisch herum. Hätte ich jetzt Nein gesagt, wie dämlich hätte ich dann dagestanden?

»Nein.« Natürlich.

Marius klappte den Laptop auf. Wie dämlich würde das jetzt aussehen, wenn ich ihn sofort wieder zuklappte, noch bevor sich die Seite aufbaute. Klappe zu! Natürlich.

»Bea, sag mal, spinnst du? Ich dachte, wir hätten einen Waffenstillstand ausgemacht?«

»Ja ...« Angriff: »Ich wollte mich doch nur abmelden! Ich hab schon ewig nicht mehr reingeguckt.

»Dann melde dich ab.«

»Wollt ich ja grad.«

»Gut.«

Dann geschah ... nichts. Marius machte keine Anstalten zu gehen und auch ich rührte mich nicht. Genervt klappte Marius den Laptop auf. Natürlich war ich noch eingeloggt. Marius' Blick blieb fasziniert auf den Busenthumbnails und Spitzenhöschenpopos haften. Er war so beeindruckt, dass nicht er, sondern nur ich den Hinweis in der oberen Leiste registrierte: »1 Neue Nachricht«. Mist.

»Da hast du mich also feilgeboten ...« Er zog die Stirn kraus.

»Na ja, das war das erste, was ich gefunden habe«, versuchte ich die Sache runterzuspielen.

»Ach, so wichtig war es dir also, mich loszuwerden, dass du gleich das Erstbeste genommen hast ...!«, zickte er unwirsch. Also, jetzt hörte er sich an wie eine Frau! »Na los, dann lösch deinen Account«, herrschte er mich barsch an.

Jaja, schon gut. Ich wanderte mit dem Mauszeiger auf Account löschen. Klick.

»So, fertig«, sagte ich und wollte den Laptop wieder zuklappen. Aber Marius hielt ihn geöffnet. »Nein, guck mal.« Er zeigte auf den aufgepoppten Button: »Wollen Sie wirklich Ihren Account löschen?« Nein, eigentlich nicht.

»Na los.« Marius nickte mir auffordernd zu. Ich holte tief Luft. Wenn ich den Zugang jetzt löschte, war mein Kontakt zu Arielle abgeschnitten und ich hatte keine Kontrolle mehr. All meine Fragen würden unbeantwortet bleiben und ich würde nie erfahren, ob und wie sich alles entwickelte. Aber nein, ich hatte ja noch ihre Handynummer!

Klick. Account gelöscht.

Marius lag schon im Bett. Alles war ruhig, abgesehen von seinem Schnarchen. Aber deswegen war ich ja auch sicher, dass er schlief. Ob man auch schon sein Schnarchen in den Kinderzimmern hörte? Und alles, was wir redeten? Fiel deswegen vielleicht die Freude über die Weihnachtsgeschenke immer so verhalten aus, weil sie längst wussten, was sie bekommen würden? Das wäre auch eine Erklärung, weshalb Max diesen Philipp nie mehr mit zu uns nach Hause brachte. Marius war aber auch wirklich über sich hinausgewachsen, als er damals schilderte, was er mit Freunden seiner Kinder machen würde, die er nicht mochte.

Lautlos schnappte ich mein Handy und schlich ins Badezimmer, das direkt ans Schafzimmer grenzte. Das hatten wir damals so gewollt, ein wenig Privatsphäre vor den Kindern bewahren. Da wusste ich ja auch noch nicht, dass Töchter auf ihrem DNA-Strang tätowiert bekommen haben, sie müssten die gesamte Kosmetikpalette der Mutter benutzen und sich deswegen ständig im elterlichen Badezimmer aufhalten. Vielleicht sollte ich mal ein nach Geschlechtern geteiltes Badezimmerarrangement anregen: Chrissy und ich würden dann das große bekommen und Max und Marius das Kinderbadezimmer. Das reichte für beide dicke.

23:16 Uhr. Also: ICH wäre um die Zeit nicht mehr wach. Aber ich musste es versuchen. Wenigstens eine SMS abschicken. Wenn keine Antwort kam, dann ... schlief sie eben schon. Oder hatte keine Lust zu antworten, das durfte ich dann nicht persönlich nehmen. Schließlich war es ihre Privatsache, was sie mit meinem Mann machte. Oh Gott, wie völlig irre das klang!

Ich setzte mich auf den Toilettendeckel und überlegte. Was sollte ich schreiben? Die Wand, die ich anstarrte, half mir auch nicht weiter. Da waren Fliesen. Aber die schwiegen. Klar, seit wann redeten Fliesen auch.

»Wie geht's dir?« Ich durfte sie nicht verschrecken, schließlich brauchte ich ihr Vertrauen; und das bekam man doch meistens geschenkt, wenn man nach dem Befinden fragte, oder? Send.

Fünf Minuten würde ich warten, solange dauerte es normalerweise, um sich an einen sicheren Ort zurückzuziehen. Aber vielleicht wollte sie gar nicht mit mir simsen? In diesem Fall müsste ich ernsthafte Konsequenzen in Betracht ziehen; zum Beispiel ins Bett gehen und schlafen.

Vier Minuten dreißig. Für den Fall, dass sie noch antworten würde, hatte ich den Ton ausgestellt und wartete, den Blick gebannt aufs Display gerichtet. Konnte man vom permanenten Fixieren eines Handydisplays eigentlich augenkrank werden? Ich spürte, wie sich ein unwohles Gefühl gegenüber Madame Sushi in mir manifestierte, je länger mich die einfarbigen Pixel anstarrten. Was bildete sich diese Person eigentlich ein?

Elf Minuten fünfundzwanzig später. Drrrt. »Wer ist da?«

Was? Das war ja wohl die Höhe! Hatte sie nicht mal meine Nummer gespeichert?

Drrrt. »Kleiner Scherz. Hallo Frau Alster. Mir geht es gut. Und Ihnen?«

Ha, ich lachte mich gleich tot. Über diesen Megabrüller ging ich mal kommentarlos hinweg. Wie es mir ging? Hervorragend! Mein Mann war wie ausgewechselt. Wir schrieen uns nicht mehr an, sondern maulten nur noch. Ich war uneingeschränkte Herrin über die Kreditkarte, und wie es aussah, musste ich künftig auch keine Periodenlügen mehr erfinden, wenn er außerplanmäßig Pflichtsex einforderte. Marius gehörte zum Glück zu den Männern, für die die Menstruation ein Siebensiegelbuch war. Das einzige, was er darüber wusste, war, dass »Mann« sich in den Tagen davor tunlichst in Luft auflösen sollte, um jedweden prämenstrualen Stimmungsschwankungen so wenig Angriffsfläche wie möglich zu bieten.

»Danke. Gut.« Send. Wie konnte ich nur meine Frage formulieren?

Drrrt. »Warum bist du gegangen?«

Oh, wir gingen ebenfalls zum »Du« über! Jetzt wurde es familiär.

»Wie? Von wo gegangen??«

»LOVETOGO.«

»Marius hat mich gezwungen.«

»Schlägt er dich?«

»Neeein!« Nein, Marius schlug mich nicht. Gewalt in der Ehe fand ich ganz furchtbar. Dieses eine Mal, als ich auf ihn einprügelte, während Max im Geburtskanal feststeckte, und ihn anschrie: »Das ist alles DEINE Schuld!«, das zählte ja nicht. Und das andere Mal, als er meinen in stundenlanger Sortierarbeit geordneten Werkzeugkasten wieder durcheinanderbrachte, weil er eine Mutter suchte, das war ja ebenfalls mehr als nachvollziehbar. Und durch die Luft fliegendes Geschirr konnte man ja wohl nicht als »Gewalt in der Ehe« bezeichnen, oder? Nein, Marius schlug mich nicht. Ich ihn vielleicht. Ein Mal, oder so.

Drrrt. »Es gibt Männer, die ihre Frau schlagen.«

»Ich weiß.«

Ich wurde nachdenklich. Nein, Marius gehörte eher zu den Weicheiern. Es gab eine Sache, die ihn in Rage brachte, und das war, wenn jemand seine Frau beleidigte oder angriff. Dann wurde er zum Ritter. Er war also eher ein ritterliches Weichei oder weiches Ritterei. Aber warum fragte Arielle das?

»Schlägt dein Mann dich wohl?« Send.

Drrrt. »Nein.«

Gut. Jetzt bloß nicht zu schnell vorpreschen. »Und? Wie läuft es zwischen Marius und dir?« Send.

Drrrt. »Gut. Wir verstehen uns sehr gut.«

»Das ist schön.« Send.

Drrt. »Ja.«

»Fein.« Send.

Drrrt. »;-)«

»Wie gut, dass wir eine Flatrate haben ;-)« Send. Jetzt kam das Gespräch so richtig in Gang.

»Prepaid.«

Oh. Okay, also eine Planänderung, was wusste ich schon, wie viel Guthaben sie noch hatte.

»Ich muss dich was fragen.« Send.

Drrrt. »Bist du eifersüchtig?« Wie? Nein.

»Nein.« Send.

Drrrt. »Gut. Was willst du wissen?«

»Hat er sich in dich verliebt?« Mein Finger wanderte schon auf Senden, aber ich zögerte. Ich spürte plötzlich einen kleinen Stich. Da, wo einst mein Herz gewesen war. Das ist dieser Muskel, der den Menschen am Leben hält, weil er durch stetige Kontraktion Sauerstoff in den Blutkreislauf pumpt. Send.

Drrrt. »Du bist doch eifersüchtig!«

Himmel, nein, bin ich nicht!

»Himmel, nein, bin ich nicht!« Send.

Drrrt. »Sollen wir aufhören?«

Was? Nein. Was aufhören? Das Simsen? Die Affäre? WAS?

»Was?« Send.

Keine Antwort.

»Was aufhören?« Send.

Keine Antwort.

»HAT ER SICH VERLIEBT?« Send.

Mein Handy schwieg. Ich lag neben Marius im Bett – wach! Er schlief. Hörbar. Die Ziffern, die von meinem neuen Wecker an die Wand projiziert wurden, änderten sich nur alle 60 Sekunden. Klick. 2:07 Uhr.

26

»Du bist mein Urlaub!«

Donnerstagmorgen. Marius Praxis. Kinder Schule. Bea Sofa. Irgendwann ertrug ich das Schweigen des Handys nicht mehr, dieses Warten machte mich mürbe. Ich musste raus.

»Kann ich vorbeikommen?«, tippte ich ins Handy. Send.

Wenn ich Marlene so unprätentiös und kurz anschrieb, dann wusste sie, dass etwas nicht in Ordnung war. Erstaunlicherweise dauerte es ein paar Minuten, bis eine Antwort kam. Was gab's denn da zu überlegen?

Drrrt. »Hier alles voll.«

»Komme.« Send.

Drrrt. »Gut. Kurz.«

Im Salon Helga angekommen, schüttelte ich meine regennassen Haare und stellte meinen Schirm in den Ständer. Das war ein geradezu perfektes Wetter für meine Stimmung.

»Hallo Süße!« Marlene sah mich an, als wolle sie mir sagen, dass sie auf meinen Hamster getreten ist. Dann aber fand sie schnell ihre vertraute Form wieder. »Du siehst, hier ist die Hölle los. Na ja, kurz vor Wochenende. Setz dich schon mal hinten rein, ich komm gleich.«

Sie hatte die Haare kürzer, das stand ihr gut, machte sie so ... frisch.

Marlene wuselte zu »99 Luftballons« aus der Soundanlage zwischen den Kundinnen hin und her, tätschelte hier eine

Schulter, zupfte da an einer Locke. »Bring Frau Hoffmann doch noch einen Kaffee, Babette«, nickte sie ihrer Angestellten zu. Dann steckte sie einen Damenkopf unter eine Trockenhaube mit Lichtring und Behandlungsprozess-Anzeige sowie eigendynamisch regulierbarem Lautstärkeregler für das Sounddesign und kam endlich zu mir ins Hinterzimmer.

»Kaffee?«, fragte sie geschäftig und schnäuzte sich die Nase.

»Scheiß Wetter.«

»Allerdings.«

Marlene machte sich an der Kaffeemaschine zu schaffen. Sie hatte nicht viel Zeit, vielleicht war es wirklich ein ungünstiger Moment, aber ich konnte nicht anders: »Du, Marlene, du hattest Recht.«

«Was?«

»Das mit der Frau für Marius war eine blöde Idee. Du kannst dir gar nicht vorstellen, was ich da ins Rollen gebracht habe.«

»Wieso?«

»Ich glaube ... er hat sich verliebt.«

Marlene wirkte fahrig, die Milch landete neben der Tasse. »Ich Trottel.« Dann wischte sie die Milch auf, als wolle sie sie in die Tischplatte einmassieren. »Ach, das glaub ich nicht.«

Drrrt. Hastig kramte ich mein Handy aus der Tasche, aber das Display war leer.

»Das war deins.« Ohne zu fragen fischte ich ein Handy aus ihrer großen, bunten Tasche. SMS' sollten meiner Meinung nach unverzüglich beantwortet werden, das gebot die virtuelle Höflichkeit. Und früher teilten wir sowieso jede dieser Nachrichten, als seien sie Allgemeingut. Allerdings hielt ich nun ein Teil in der Hand, das ich bei Marlene noch nie gesehen hatte. Ein wenig verwunderlich war das schon, denn sie war in technischen Dingen ein ebenso großer Depp wie ich und wechselte solche Geräte deshalb nur selten.

»Neu?«

Marlene schwieg.

»Hier, von ›R‹.« Ich grinste. »Du bist mein Urlaub.« Lächelnd fügte ich hinzu: »Oh, wie süß!« Meine Freundin hatte ein Leben, ich nur Chaos.

Marlene nahm mir das Handy weg und steckte es in ihre Hosentasche. Dann goss sie den zweiten Kaffee ein.

»Willst du nicht antworten?« Gerade in meiner jetzigen Situation konnte ich beim besten Willen nicht begreifen, wie man NICHT sofort reagieren konnte.

»Weißt du, Bea, es gibt Menschen, die müssen immer und sofort antworten, wenn sie eine SMS bekommen. Ich nicht.«

Aha. »Das ist doch wieder so ’ne Masche, mit der du den Kerl wahnsinnig machst, stimmt’s? Dann sabbert er und lechzt und zerbricht sich den Kopf, warum du nicht antwortest.« Ich lächelte. Fast ein bisschen neidisch. »Ist er nett?«

»Ja.«

»Was Ernstes?«

»Weiß ich nicht.« Etwas wortkarg war sie heute schon, die Gute. Sie war mir bestimmt noch böse. Aber ich würde sie schon wieder in die Spur bekommen.

»Stell ihn mir doch mal vor, dann sag ich dir, wie ich ihn finde.«

»Lieber nicht.«

»Wieso, ist er so hässlich?«, neckte ich sie mit einem Lachen, in das sie einstimmen sollte. Aber ich blieb die einzige, die über meinen Witz lachte.

Marlene lehnte sich zurück und lugte um die Ecke, ob im Laden alles o. k. war. »Du, Süße, ich muss wieder rein.«

»O. k.«

Die Arme war ja total im Stress. Aber es hatte gut getan, sie wiederzusehen.

Sie brachte mich an die Tür. Bevor ich ging, umarmte ich sie noch einmal. Marlene umarmte mich zurück, mit einer dieser Umarmungen zwischen Menschen, die sich sehr mochten. Eine Umarmung, die länger dauerte als ein kurzes Zusammenpressen von Körpern. So standen wir da. Noch zwei Sekunden länger und die Kunden hätten uns mit Reis und Blumen beworfen.

»Wollen wir am Wochenende was zusammen machen?«, fragte ich. Ich hatte zwar kein Geschenk, aber ich konnte sie ja auch mit meiner Gegenwart beglücken.

»Geht nicht, ich muss die bestellten Trockner in Holland abholen.«

»Oh nein, an deinem Geburtstag?«

Marlene blickte mich ernst an, sagte aber kein Wort.

»Weißt du was? Dann feiern wir eben wieder zusammen. So wie früher! An MEINEM Geburtstag.«

»Ich weiß nicht.«

»Doch, das wird toll! Marius Eltern sind da, denen verpassen wir Schwarzwälder Kirschtorte, dann sind die besoffen. Du bringst deine Motte mit und später ziehen wir um die Häuser! Keine Widerrede! Du musst mal wieder feiern, und ich stehe das ohne dich nicht durch.«

Marlene lächelte gequält. Das war mir Zustimmung genug.

27

Ein Kongress ruft

Freitag. 6:45 Uhr. »Skandal ... im Sperrbezirk ... Skandaaal. Skandal um Rosiiii ...«. Zeit für Marius aufzustehen.

»Kannst du nicht mal eine andere Musik zum Wecken nehmen? Das nervt!«

Marius schaltete den Wecker aus und ging ins Bad. Ich drehte mich um. In 15 Minuten würde MEIN neuer Wecker mich mit gregorianischen Chorälen darauf aufmerksam machen, dass es Zeit war, Butterbrote für meine adoleszenten Kinder zu schmieren.

Das Duschwasser rauschte. Ich zog meine Decke über die Ohren. Drrrt. Mein Handy? Nein. Das hatte ich neben meinem Bett, falls ich doch noch mal eine wichtige SMS aus der Unterwasserwelt erhalten sollte. Aber daran glaubte ich nicht mehr wirklich.

Marius Hose lag auf dem Boden vor dem Badezimmer. Wo auch sonst? Aus der Gesäßtasche lugte sein Handy hervor. Das Standbylicht ging gerade aus. Aha.

Ich lauschte. Die Dusche lief noch. Ich war seine Frau, ich durfte das. Vorsichtig zog ich das Handy aus der Tasche. Wenn er jetzt die Einstellungen richtig gemacht hatte, dann konnte ich nur sehen, dass er eine SMS erhalten hatte, aber nicht, was drin stand. Und öffnen konnte ich sie nicht, dann hätte ich ja spioniert. Obwohl ich als seine Frau jedes Recht dazu gehabt hätte. Außerdem hatte ich auch schon eine Ausrede parat: »Aber Schatz, ich dachte doch, es sei wirklich ein Notfall.« Und dann müsste ich so tun, als sei ich völlig schockiert darüber, dass er mich betrügt und das ja wohl viel schlimmer sei, als seine SMS zu lesen. Wenn ich sie nicht gelesen hätte, wie lange wäre das dann noch so gegangen usw. usw. Zum Glück hatte er nicht die richtigen Einstellungen vorgenommen. Trottel. In aller notwendigen Ausführlichkeit erschienen die Worte auf dem Display: »Schaffst du es morgen? MU.«

ARIELLE! Die Prepaid-Karte wieder aufgeladen, ja? Geht's wieder mit dem Simsen, ja? MU? Marius Uhlmann? Aber nein, die SMS war doch von IHR. Magdalena Unger? Was, zum Geier, hieß MU?

Die Dusche wurde ausgedreht. Huch, jetzt schnell das Handy zurück an seinen Platz und flink wieder ins Bett gekrochen. Tot stellen. Durch einen winzigen Schlitz zwischen meinen Wimpern konnte ich Marius beobachten. Das ging gut, ich hatte extrem lange und schön geschwungene Wimpern.

Marius kam aus dem Badezimmer. Eine Duftwolke von frisch geduschtem und gepflegtem Mann kroch unter meine Nasenflügel. Er nahm seine Hose auf. Das Handy fiel zu Boden. Drecksmist, ich hatte es nicht tief genug in die Tasche gesteckt. Er hob es auf und blickte zu mir rüber. Dann nahm er die Hose, ging ins Bad zurück und schloss hinter sich die Tür.

Das war nun unser neues Kommunikationszentrum. Wenn ich doch jetzt so viel Selbstbeherrschung gehabt hätte, nicht durch das Schlüsselloch zu stieren. Na ja, hatte ich halt nicht. Man konnte allerdings kaum etwas erkennen. Marius saß auf dem Toilettensitz und tippte etwas in sein Handy. Für einen Moment spürte ich das Verlangen in mir aufsteigen, die Türe aufzureißen und ihn »in flagranti« zu erwischen. Aber viel lieber suhlte ich mich in dem Wissen, dass ich die Macht hatte.

Ich wusste ja, wem er da schrieb. Und ich würde meine Karte zur rechten Zeit auszuspielen wissen.

Mein Mann hatte eine Geliebte. Gut. Das war das, was ich beabsichtigt hatte. Eigentlich konnte ich ihm ja auch sagen, dass ich alles wusste. Er würde sich sowieso nicht von mir trennen. Das hätte er als Schmach vor Verwandten, Freunden und Bekannten empfunden – und dann gab es ja auch noch diese infantile Drohung von Horst. Deswegen hatte ich ihn in meiner Gewalt und konnte alles von ihm fordern. Dieser schöne Gedanke umschwänzelte meine nach Freiheit lechzende Seele. Aber ich brauchte mehr Beweise.

Freitag. 14:50 Uhr. Kurz vor Paartherapie.

Es war mir schon immer wichtig gewesen, dass meine Familie sich gut ernährte. Dass es ihnen schmeckte. Dass sie gerne zu Hause aßen und wir alle uns vielleicht beim Essen ein wenig austauschten. Über dies und das. Über Schule und Freunde. Über die Arbeit. Über mein aufregendes Leben als Hausfrau und Mutter.

Deswegen bestellte ich heute chinesisch. Max schlang stumm seine 47 herunter, Chrissy erstach mit Stäbchen ihre 32. Marius aß hörbar die Reste seiner 11. Und ich genoss die 57, ich mochte Ente süßsauer. Schon immer. Mit Reis und Gemüse. Das war mein ganzes Glück. Von mir aus hätte es am ersten Weihnachtsfeiertag auch Ente süßsauer geben können – vom Chinesen, in einer Plastikschale mit Alu abgedeckt. Tataaa, hier ist Ihr Festmahl!

Wir waren eine richtig tolle Familie. Das schloss ich daraus, weil wir auch gemeinsam schweigen konnten. Das kann nicht jede Familie. Manche müssen die ganze Zeit irgendetwas reden. Wir nicht. Weil es so still war, konnte man auch gut hören, wie es ihnen schmeckte. Deutlich hören.

Ring. Wer rief denn um diese Uhrzeit an? Bestimmt Horst: »Liebes was wünschst du dir denn zum Geburtstag? Elisabeth und ich wollen gleich ins Internet und was Schönes für dich dort bestellen.« Wenn Horst und Elisabeth vom Internet sprachen, dann klang das immer so, als würden sie von einer magischen Welt mit Feen und Elfen sprechen, wo Honig in den Flüssen floss und Schokolade von den Bäumen fiel. Aber sie kannten auch dessen negative Seiten, wussten oder hatten gehört von bösen Hexen und Gnomen, die versuchten, die Menschen in ihre Gewalt zu bringen und die Weltherrschaft unter Einsatz hinterlistiger Täuschung an sich zu reißen. Ich war stolz auf meine Schwiegereltern, dass sie sich mit solchen Neuerungen beschäftigten. Außerdem hatten Marius und ich seitdem ein bisschen mehr Ruhe vor ihnen.

Ring. Wollte denn niemand drangehen?

»Schatz, willst du nicht rangehen?«

Marius wickelte geschäftig eine Nudel um sein Stäbchen, nuschelte »Bin nicht da« und stopfte sie sich in den Mund. Erwartungsvoll blickte ich zu Chrissy und Max. Beide legten synchron ihre Handys auf den Tisch, was wohl heißen sollte: Uns ruft niemand auf Festnetz an.

Also gut, dann eben nicht. Resigniert stand ich auf und nahm das Telefon aus der Station. »Puhlmann?«

Eine mir unbekannte Stimme meldete sich: »Guten Tag, Weihersbach, Kongressorganisation Universität Leipzig. Es tut mir leid, Sie zu Hause belästigen zu müssen. Ist Ihr Mann zu sprechen?«

»Moment bitte.« Ich hielt das Mikrofon mit einer Hand zu und zischte Marius, nicht ohne die Augenbrauen fragend zu heben, zu: »Kongressorganisation Leipzig.«

Marius verzog das Gesicht zu einem »Was soll denn das?« und streckte mir die Hand hin. Ich gab ihm das Telefon.

»Ja, Marius Puhlmann hier.«

Während er sich in Position warf und abgelenkt war, fragte ich Chrissy: »Was heißt eigentlich ›MU‹?«

»MU? Miss you.«

Das sind die Momente, in denen einem Ente süßsauer anstatt in die Speise- in die Luftröhre rutscht. Hustend versuchte ich, das Tier wieder nach oben zu befördern, sogar erfolgreich, weil mir meine Tochter geistesgegenwärtig mit flacher Hand zwischen die Schulterblätter schlug. Nicht klopfte – schlug.

Marius lauschte der Stimme am anderen Ende des Telefons. Zwischendurch kam ein: »Mhm«, »Ah« und dann ein »Oje« aus seinem Mund. Und zum Schluss sagte er: »Ja, das kriege ich hin ... ist doch selbstverständlich ... nein, das ist kein Problem ... Auf Wiederhören, Herr Professor Weihersbach.«

Seine drei Familienmitglieder blickten ihn erwartungsvoll an.

»Ich soll morgen in Leipzig einen Vortrag halten über Verfahren zu Behandlung zur Dentalphobie. Der vorgesehene Referent ist erkrankt und da wollen sie mich haben.«

Als wolle er diesem Moment Würde verleihen, um ausbrechendem Jubel und Standing Ovations ihren Platz zu geben, schwieg er danach andächtig.

Max stand unbeeindruckt auf und verschwand mit den Worten »Bin fertig« in sein Zimmer. Chrissy aß weiter. Aber ihre Antenne stand eindeutig auf Empfang.

Das war doch jetzt nicht sein Ernst? Glaubte Marius wirklich, dass ich das einfach so schluckte? Hielt er mich für so bescheuert? Ein Kongress? In Leipzig? Dentalphobie? Dieser Kongress war doch wohl eher ein romantisches Dinner mit Kerzenschein, und »sein« Leipzig war bestenfalls der Ort um ein Bett herum, Luftlinie ein paar Kilometer entfernt; die Dentalphobie bezog sich bestimmt auf Löcher, aber nicht auf den Mund. Oder doch? Die Sau.

»Leipzig? Das soll sehr schön sein. Weißt du was? Ich komme mit.« Ha!

Marius' Gesicht verlor sofort an Farbe. Ha! Volltreffer!

»Mausi, ich hätte dort überhaupt keine Zeit für dich. Ich sitze da doch den ganzen Tag mit den anderen Referenten rum und wir reden über Themen, die dich garantiert nicht interessieren.«

Chrissy musterte mich fragend. Irgendwie hatte ich das Gefühl, es war besser, den Ball jetzt flach zu halten. Anstatt zu sagen: »Macht nix, Schatz, dann geh ich halt Shoppen!«, was Marius völlig aus der Bahn geworfen, mir aber auch mein erstes freies Wochenende zerstört hätte, lenkte ich ein: »Ach so. Okay.« Dann fügte ich noch beiläufig hinzu: »Heute ist unser Termin.«

Chrissy blickte mich wieder fragend an, aber ich tat so, als würde ich das nicht bemerken.

»Gut, Mausi.« Marius legte seine Hand auf meine und sah mich liebevoll an.

28

»Sie können endlich alles loswerden«

Freitag. Nachmittag. Paartherapietermin.

Zwei Stunden später saßen wir bei Frau Dr. Spitz. Frau Dr. Spitz war eine angesehene Paartherapeutin, die Marius von seinem Kollegen Stefan empfohlen worden war. Allerdings vermutete ich, Stefan vögelte sie und wollte ihr deswegen Patienten zuschanzen. Außerdem war ich mir sicher, dass weder Marius noch ich Lust darauf hatten, uns gegenseitig die ungeschminkte Wahrheit an den Kopf zu knallen, aber den Termin abzusagen hätte auch keiner von uns gewagt. Die Frage nach dem »Warum denn auf einmal nicht?« stand viel zu präsent im Raum.

Jetzt saßen wir also im gemütlich eingerichteten Behandlungszimmer der Therapeutin. Nannte man das eigentlich Behandlungszimmer? Wird man als Paar behandelt? Oder besprochen? Wir saßen also im Stuhlkreiszimmer. Frau Dr. Spitz saß vor uns in einem Sessel, Marius in einem benachbarten Sessel und ich ebenfalls. Da war auch eine Couch, aber die sollte von uns aus gerne leer bleiben. Auf einer Couch würden wir wieder sitzen, wenn dieser Termin hinter uns lag. Also ICH zumindest. Marius würde sich in Vorfreude suhlen auf das Wochenende mit ARIELLE.

Frau Dr. Spitz begrüßte uns mit Handschlag:

»Guten Tag Frau Puhlmann, Guten Tag Herr Puhlmann. Es freut mich, dass Sie sich entschlossen haben, eine dritte Person mit in Ihre Probleme einzubeziehen.«

Wenn ich mal korrigieren dürfte: vierte Person. Aber das wusste ja nur ich.

Die Psychologin war eine nette, hübsche Frau. Ihr Händedruck war warm und weich. Aber nicht dieses »Weichei«, das man in der Hand hielt, wenn man die Innereien aus einem Suppenhuhn holte. Nein, Frau Dr. Spitz war insgesamt eine angenehme, suppenhuhnfreie Person. Ich konnte mir gut vorstellen, dass ihr Aussehen es Männern schwierig machte, ihr gegenüber von mangelnder Standfestigkeit zu erzählen. Wohingegen ich sofort eine große Verbundenheit mit ihr fühlte: Hey, die sah besser aus als ich. Und sie hatte bestimmt zwei- oder dreihundert Männer mehr als ich.

Mein Vertrauen war also fundamentiert: Diese Spezialistin würde mir helfen, Marius' Lügen aufzudecken, ihn zwingen, seine Seitensprünge zu gestehen. Er würde wie ein begehrter Pavian vor Frau Dr. Spitz hin und her springen, der nur seinen rotglänzenden Hintern in die Luft recken musste, damit die Weibchen sich vor Leidenschaft nach ihm verzehrten. Ihr würde er gestehen, dass er ein anbetungswürdiger Mann ist, dem leider keine widerstehen kann.

Frau Dr. Spitz faltete ihre Hände auf dem Schoß. Ich bemerkte, wie Marius das beobachtete, wobei er aber weniger an den Händen interessiert war als an dem Ort, wo sie gefaltet wurden. Es stimmte also, was man sich so erzählte: Wenn sie einmal Blut geleckt hatten, dann waren sie nicht mehr zu halten. Einmal den Bann der ewigen Treue gebrochen, war jeder weitere Seitensprung nur eine Frage der Zeit. Ich hatte ihm sozusagen den Blick für das andere Geschlecht neu geöffnet. Na dann.

»Ich möchte eines vorwegschicken: Es ist wirklich wichtig, dass Sie beide sich dazu entschlossen haben, an sich zu arbeiten. Das ist doch so, oder?«

Marius hob den Blick von ihrem Schoß zu ihren Augen. Ich war mir nicht sicher, ob er zugehört hatte. In alter »Wenn-Frauen-reden-sag-einfach-Ja«-Manier sagte er: »Ja.«

Mein »Ja« klang da schon etwas ernster. Schließlich hatten Frau Dr. Spitz und ich eine Mission zu erfüllen. Als Marius vor einiger Zeit die Therapie vorgeschlagen hatte, war ich wenig begeistert gewesen. Zu der Zeit war ich noch durch und durch durchtrieben und hinterlistig genug, ihm irgendein Weib in die Arme zu treiben, eine Paartherapie hätte mir dabei nur äußerst ungünstig in den Karren fahren können. Aber inzwischen war ich ja das Opfer. Die Betrogene. Die Hintergangene. Dass ich das forciert hatte, stand jetzt mal überhaupt nicht zur Debatte. Hier ging es um Ehrlichkeit in der Ehe. So.

Frau Dr. Spitz eröffnete die Sitzung: »Wo genau liegt denn das Problem?«

»Er hat eine Affäre und will es nicht zugeben!«, platzte ich heraus. Hey, sie hatte ja schließlich gefragt.

Marius Kopf drehte sich blitzartig zu mir um. Mit offenem Mund starrte er mich an.

»Das ist das Problem?«, wiederholte sie mit einem typischen Psychotherapeutenpokerface.

»Ja.«

»Nein«, widersprach Marius heftig.

Frau Dr. Spitz griff nach einem Notizblock neben sich und notierte etwas. »Oder liegt das Problem vielleicht doch ein wenig tiefer?«

»Ja!« Marius stimmte ihr resolut zu.

»Nein«, sagte ich jetzt schnell. Wir saßen schon sechs Minuten hier, es musste ja langsam mal zum Ende kommen.

Die Therapeutin legte den Block wieder zur Seite. »Wir werden jetzt gemeinsam versuchen herauszufinden, was ihr Problem ist.«

Hatte ich das nicht gerade gesagt?

Ohne einen Einwand zuzulassen, fuhr sie mit ihrer sanften Stimme fort: »Sie werden jetzt jeder fünfzehn Minuten Zeit bekommen, Ihre Gefühle für den anderen zu erklären. Zu beschreiben, was Sie ärgert, vielleicht aber auch, was Sie gut an ihm finden. Sagen Sie offen, was Sie bewegt. Wir sind hier in einem geschützten Raum, Sie können loslassen und endlich alles loswerden. Bitte.«

Sie sah auf die Uhr und deutete dann mit der offenen Hand auf mich. Auf MICH. Frau Dr. Spitz, da verstehen Sie etwas falsch. ER muss reden. ER muss gestehen. Ich hab nix zu beichten. Ich hab nix gemacht.

»Frau Puhlmann?«

Musste ich jetzt wirklich der Therapeutin sagen, wie das hier eigentlich laufen sollte? Der/die Therapeut/in unterrichtet Marius darüber, dass er unter Eid steht und fragt ihn, ob er eine Geliebte hat; er gesteht, alle sind glücklich und zufrieden und gehen wieder nach Hause.

»Frau Puhlmann? Sie haben jetzt fünfzehn Minuten, um sich ganz offen zu äußern, was Sie bewegt.«

»Ähem, können Sie mir vielleicht eine Frage stellen? Ich komm da nicht so richtig rein.«

»Was empfinden Sie für Ihren Mann?«

Das will hier doch keiner wissen, tut auch gar nichts zur Sache.

»Also ...« Muss man denn alles alleine machen?

Marius und Frau Dr. Spitz starrten mich erwartungsvoll an. Das war jetzt meine Bühne. Und das mir, die ich noch nie vor Publikum reden konnte. Schon in der Schule hatte ich mich um jedes Referat herumgedrückt, weil ich lieber sterben wollte, als vor wildfremden Menschen zu reden. Wildfremd waren in diesen Fällen alle außer mir selbst.

»Also ...« Ich atmete ein. Es nützte ja nichts. »Also, Marius ... mein Mann betrügt mich.«

Die Therapeutin unterbrach mich: »Würden Sie sich besser fühlen, wenn Sie es ihm direkt sagen?«

»Also, du betrügst mich.« Nein, das ging so nicht. Wenn etwas wie ein Vorwurf klang, machte Marius sofort zu.

»Dass wir etwas nicht als Vorwurf formulieren, daran arbeiten wir später«, unterbrach Frau Dr. Spitz meine Gedanken.

»Ich weiß, dass du eine Affäre hast, Marius. Warum gibst du es nicht einfach zu?«

Marius wachte auf. Und er tat das, was er am besten konnte. Schweigen.

Frau Dr. Spitz sah uns aufmerksam zu und machte sich Notizen.

»Ich habe dich geliebt. Aber du hast dich verändert. Nun gib es doch endlich zu: Du hintergehst mich! Sag es Frau Dr. Spitz, was für ein toller Hengst du bist, sag es ihr!«

Unsere Psychologin hob beschwichtigend die Hände: »Lassen Sie mich bitte außen vor, ich bin nur der unbeteiligte Zuhörer.«

Aber blitzte da nicht doch so etwas wie Neugier in ihren Augen auf. Ihr Blick verfing sich für einen Bruchteil von Sekunden in Marius' Schritt. Der lächelte sie verlegen an, als wollte er sich für seine Frau entschuldigen. Aber er wurde merklich nervös.

»Fahren Sie fort, Frau Puhlmann. Was bewirkt dieses ausgeprägte Eifersuchtsgefühl bei Ihnen?«

»Ich bin nicht eifersüchtig, ich will nur, dass er mir die Wahrheit sagt!«

Frau Dr. Spitz beobachtete Marius' Reaktionen genau. Er spürte das und fühlte sich in die Ecke gedrängt.

»Ach, du bist ja hysterisch!«, platzte es schließlich wütend aus ihm heraus.

Sag einer hysterischen Frau nie, dass sie hysterisch ist. »ICH BIN NICHT HYSTERISCH!!!«

Marius schaute hilfesuchend zu der Beraterin.

»Du bist so ein verlogener Arsch, Marius!!!«

Jetzt hatte er das Gefühl, sich doch irgendwie verteidigen zu müssen, bevor er seine Würde auf dem Kugelschreiber der Therapeutin aufgespießt wiederfand: »Sie fährt mir in die Praxis hinterher, um mich zu kontrollieren! Ja, meine Sprechstundenhilfe hat mir das erzählt. Angeblich wollte sie mich überraschen!«

»Herr Dr. Puhlmann«, schaltete sich die Therapeutin ein, »das ist jetzt die Redezeit Ihrer Frau.«

»Und dass sie meine SMS liest, weiß ich auch. Sie wühlt in meinen Sachen. Sie spioniert mir hinterher! Sie hat völligen Kontrollzwang!«

»Herr Dr. Puhlmann ...«

»Nein, jetzt rede ICH!« Er atmete einmal tief ein und aus und setzte an zum letzten genialen Zug auf dem Schachbrett der Beziehungsschlachten: «Bea ... ich liebe dich und ich kann mir nicht vorstellen, jemals eine andere zu lieben.« Schachmatt.

Verdammt, jetzt fuhr er DIE Schiene, um uns allen den Wind aus den Segeln zu nehmen. Mit Erfolg, zumindest bei Frau Dr. Spitz, die sichtlich gerührt war durch diese emotionale Offenheit: »Sehen Sie, Frau Puhlmann. Ihre Sorge ist unbegründet.«

Pah! In Wahrheit steckte er gedanklich doch schon in seiner Meerjungfrau und spielte mit deren Schuppen.

»Frau Puhlmann, ich denke, wir wissen nun alle, worin das Problem Ihrer Divergenzen begründet ist.«

Ja! Jetzt musste sie es nur noch aussprechen!

»Frau Puhlmann, Sie haben eine tiefverwurzelte Angst, Ihren Mann zu verlieren. Und diese Verlustangst manifestiert Bilder in ihrem Bewusstsein, die auf eine Affäre hindeuten. Das ist ganz normal.«

Aha! So einfach ist das. Patientin für blöd erklärt – im Dienste der Eherettung!

29

Spurensuche

Samstagmorgen.

»Wann geht dein Flieger?«

Ich sah Marius beim Packen zu. Vielleicht konnte ich mich ja nützlich machen.

»Gegen neun.«

»Aber sie haben dir doch bestimmt eine genaue Uhrzeit genannt!«

Ich war stolz auf mich, dass ich so witzig war. Marius nicht. Er lächelte nur gequält über meinen Esprit. Während er seinen dunklen Anzug, ein Hemd, einen Pullover und zwei Hosen im Koffer verstaute, zog ich seine Wäscheschublade auf, um ihm zwei Unterhosen zu geben. Aber hoppla, was grinste mich denn da zwischen den Feinripp- und Grau-in-allen-Schattierungen-Shorts an? Eine adrette, enganliegende Boxershorts in kobaltblau. Sehr schick. Ich musterte Marius von der Seite, der über seinen kleinen Koffer gebeugt war. Sein Bauch hing recht unsexy über den Gürtel. Dann betrachtete ich die Unterhose in meiner Hand und stellte mir vor, wie er darin wohl aussah.

»Was ist?«, fragte er.

Oh, hatte ich laut gelacht? »Nichts. Du hast neue Unterhosen?«

Marius bemerkte den kobaltblauen Stoff in meiner Hand. »Ach das? Ja, das ist eine neue Unterhose. Hab ich mir gekauft.«

Meiner Ansicht nach durfte er schon etwas kreativer im Erfinden von Ausreden sein. Meine Beweisführung verdichtete sich.

»Wann kommst du denn wieder?«

»Na, morgen, so 16 Uhr.«

»Ach, du bleibst über Nacht?« Das sagte ich nur, um ihn schwitzen zu sehen. Erledigt. Ich reichte ihm den Deostick.

»Danke.« Dann starrte er nachdenklich in den offenen Koffer. »Fehlt noch was?«

Ja, dein Hirn, du Arsch. Aber das wirst du dir ja sowieso heute noch raus vögeln, also lass es lieber hier.

Srrrt. Reißverschluss zu.

»Soll ich dich abholen?«

»Nein, das brauchst du nicht. Ich nehm' mir ein Taxi.«

»Das ist doch viel zu teuer!«

»Zahlt doch die Universität.«

»Ach so.«

Nimm dein Hirn doch lieber mit, bei der Größe fällt es nicht auf, wenn es in deinem Schädel fehlt.

Zum Abschied begleitete ich ihn bis zur Tür. Max und Chrissy spielten gerade mit dem Wii-Balanceboard ein Spiel, bei dem man in einer Luftblase balancieren musste. Ups, schon wieder geplatzt.

»Kinder, wollt ihr Papa nicht Tschüss sagen?«

Max stand auf dem Board und winkte nur nach hinten: »Tschö Dad, viel Spaß!«

Chrissy kam zu Marius und umarmte ihn: »Tschüss Dad, viel Spaß. Und mach ja keine Dummheiten.« Sie lachte und schwang sich über die Couchlehne zum Spiel zurück.

»Ja, pass auf dich auf. KINDER, IHR SEID BITTE MORGEN PÜNKTLICH ZUM ESSEN DA! Ich koch uns allen was Feines.« Hatten die beiden gerade die Augen verdreht? Mir schien es jedenfalls, als könnte ich das durch ihre Hinterköpfe hindurch sehen.

»Jetzt geh endlich, sonst verpasst du noch deinen Flieger.«

Marius verließ das Haus und ich verbeugte mich innerlich vor der tobenden Menge für meine grandiose Vorstellung. Danke, Danke, Danke.

Samstagabend. Die Kinder waren in ihren Zimmern, Marius in Arielle und Bea auf dem Sofa.

Ich müsste lügen, wenn ich behaupten würde, ich wäre am liebsten frohlockend durch die Wohnung getanzt. Der Gedanke, dass mein Mann gerade in einer anderen Frau steckte, fühlte sich nicht gerade an wie Weihnachten und Ostern an einem Tag. Im Gegenteil, ich fühlte mich ein bisschen kränklich. In meiner Brust zog es. Das kam bestimmt von der Zwiebelsuppe heute Mittag. Die wollte ich mal ausprobieren. Auf meinem Weg in die Freiheit musste ich noch so manchen steilen Berg erklimmen, der Zwiebelsuppenberg gehörte zu ihnen. Ich liebte Zwiebelsuppe, nur vertrug ich sie nicht – und schmecken wollte sie mir auch nie so wie früher bei meiner Mutter. Aber wenn ich erst einmal frei war, musste ich mich ja auch selbst versorgen. Marius würde von Seetang und Muscheln leben, kredenzt von Arielle. Sollte die ihn doch dann durchfüttern und sich darüber ärgern, wenn er die Seegurke, ohne sie probiert zu haben, in extrascharfen Senf tauchte.

Was trank Marius immer für ein Zeug, wenn er sich nach dem Essen nicht wohl fühlte? Jägermeister? Oder Ramazotti? War das nicht das Gleiche? Egal, eine gute Mischung ins Glaserl und runter das Zeug. Dann setzte ich mich aufs Sofa und wartete ein paar Minuten. Das ziehende Gefühl in meiner Brust verschwand nicht. Dafür wurde mir warm. Und ich entspannte mich.

Das Handy auf dem Couchtisch rief: »Nimm mich!«. So was blödes, ein Handy kann nicht reden. Ich tippte ein: »Viel Spaß!« Send.

Arielle würde sich bestimmt über die SMS freuen und darüber, dass ich eine so coole Sau war. Sie brauchte überhaupt kein schlechtes Gewissen zu haben und konnte sich wild mit meinem Mann vergnügen. Ja, ich war wirklich schon was Besonderes. Das Gefühl in meiner Brust nahm zu. Noch ein Schluck Jägerzotti.

Dann begab ich mich auf die Spurensuche. Beweissicherung. Ich brauchte hieb- und stichfeste Belege dafür, dass Marius mich betrog. Nicht für mich. Neeein, für alle anderen. Mir war ja egal, ob er mich betrog. Im Gegenteil, es war mir sogar recht! Aber pscht.

Noch ein Jägerzotti und los ging's. Während ich an dem Jäger nippte, surfte ich ein wenig im Internet. Das Netz, mein bester Freund: Alleswisser, Klugscheißer, Flennkissen ... Es hatte immer alles, was ich brauchte – und auch, was ich nicht brauchte; das war dann meistens teuer ... für meinen Mann.

»Seitensprung aufdecken«. Enter.

Oje, da stand, ich könnte einen chemischen Test an Flecken in seiner Unterhose machen, um zu erkennen, ob es sich bei der verdächtigen Verfärbung um Sperma handelte. Aber doch nicht bei Marius. Der konnte doch immer Sperma in seiner Hose haben. Der Gute verlor ja schon Freudentröpfchen, wenn er nur an einem Obststand mit saftigen Melonen vorbei ging.

Es gab aber auch noch andere Hinweise, die man überprüfen sollte. Roch er morgens wie der irische Frühling, wenn er das Haus verließ? Und wenn er wiederkam, dann roch er nicht etwa nach einem harten Arbeitstag, sondern nach ... nichts? Hatte er eine E-Mailadresse, von der seine Frau nichts wusste?

Mein Detektivgen schlug durch. Zuerst musste ich seinen Computer durchforsten. Leider bin ich zwar im Internet ganz gut zu Hause, aber ob ich in Marius' Computer genauso herumspazieren konnte wie in preispiraten.de wagte ich schwer zu bezweifeln.

Diese Bits- und Bytesdinger waren toll, so lange sie funktionierten. Aber wenn irgendetwas darauf hinwies, dass ihre Funktionstüchtigkeit eingeschränkt war, dann war ich rettungslos verloren. Marius war da besser. Nein, da war er ein Gott. Er biss sich an jedem Problem mit den glänzenden Kästen und surrenden Festplatten solange fest, bis er es gelöst hatte.

Meine Unfähigkeit in diesen Dingen ließ mich dieses Vorhaben also schnell aufgeben. Besser, ich beschränkte mich auf das, was ich konnte, zum Beispiel im Web fahnden. Wie hieß dieser Kongress noch mal? Ich gab ein: »Medizinkongress Leipzig«. Tatsächlich, da gab es einen! Sollte Marius doch die Wahrheit gesagt haben und ich hatte ihn zu Unrecht verdächtigt? Auf einmal kam ich mir hundsmiserabel vor. Das wäre auch eine Erklärung dafür, weshalb sich Arielle nicht mehr bei mir meldete: Da war gar nichts zwischen ihnen.

Hallo? Bea, komm zu dir! Ich sah mir die Seite genauer an. Verschiedene Themengebiete wurden referiert. Auch Dentalphobie, tatsächlich. Referent: Prof. Ch. Wirmelsen. Aha! Nix »Aha«. Natürlich konnten sie Marius' Namen nicht eingetragen haben, die Anfrage war ja viel zu kurzfristig gekommen. Mal sehen, wer das organisierte. Wie hieß der Disponent? Weibach? Weidenbach? Ach, Bea, könntest du EIN Mal richtig zuhören, wenn jemand was sagt? Ich klickte mich vor und zurück. Kein Weih und auch kein Bach. Da: Der Organisator und Disponent hieß ... Erdmann. Erdmann ist nicht Weibach. Gar nicht. Nicht mal im Wortstamm und auch nicht im übertragenen Sinn. Nicht mal ein Onomastiker hätte hier eine

Ähnlichkeit feststellen können. WAS für eine Schmierenkomödie!

Mein nächster Schritt war einfach: Taschen durchsuchen. Wenn Marius sich in das Bild einfügte, das ich von ihm mittlerweile hatte, dann steckte in irgendeiner Hosen- oder Jackentasche DER Beweis für eine außereheliche Beziehung. Schon bei dem Gedanken an das, was mir jetzt unausweichlich bevorstand, ekelte es mich; denn Marius war der Meinung, dass man benutzte Taschentücher bis zum natürlichen Verfall wiederverwerten konnte und bewahrte sie zu diesem Zwecke in seinen Jackentaschen auf. Uach.

Aber da musste ich jetzt durch. Ich stand vor der Garderobe und griff in die erste Jackentasche. Taschentücher. Benutzte. Natürlich. Es war Herbst und benutzte Taschentücher gehörten zu jeder guten Ehemannausstattung. Auch in der nächsten Tasche nur Müll: Schokoriegelpapier, Kaugummipapier, Quittungen von Fast-Food-Restaurants, lose Geldmünzen. Männer hatten doch Portemonnaies, genau wie Frauen auch. Warum benutzten sie die nicht? Wenn ich all die Münzen, die ich im Lauf der Jahre unseres Zusammenlebens aus Hosen und Jacken entfernt hatte, in einem separaten Behältnis gesammelt hätte, müsste ich mir jetzt keine Gedanken mehr über meine finanzielle Lage machen. Wenn Männer lose Münzen und andere Gegenstände in ihren Hosentaschen trugen, dann war das sexy. Aber wenn Frauen ihre Handys in ihrer Jeanstasche trugen, war das indiskutabel und unsexy. Warum eigentlich?

Um weiteren Ekelfunden aus dem Weg zu gehen, musste ich mein Gehirn einschalten – was schwer genug war nach zwei Schwangerschaften, von morgens bis abends Privatfernsehen und viel zu viel Zeit beim Friseur. Welche Jacke hatte er in letzter Zeit häufiger an? Ich ging die letzten Tage in Gedanken durch. JA! Ich hab's! Die Regenjacke. Es hatte zuletzt sehr oft geregnet.

Vorsichtig griff ich in die Tasche: ein benutztes Taschentuch. In der andere Tasche: ein benutztes Taschentuch. Und Zettel. Ich zog sie heraus – Quittungen vom Fast-Food-Restaurant, vom Tanken sowie ein EC-Kartenbeleg über einen Einkauf in Höhe von 113 Euro in meinem Lieblingskaufhaus. Da bekam man fast alles, aber hauptsächlich schöne Dessous. Das wusste Marius, denn früher hatte ich ihn oft dorthin geschleift, wenn ich Dessous kaufen wollte. Sie waren auch nicht allzu teuer, denn regelmäßig riss er sie mir in einem Anflug von Leidenschaft so vom Körper, dass schon mal ein Trägerchen daran glauben musste oder ein Höschen überdehnt wurde. Deshalb achteten wir beide auf die Preise.

Dessous. DESSOUS? Ich wusste nichts von neuen Dessous. Jedenfalls nicht für mich! Dieses Schwein. Lässt seine Meerjungfrau da in feinster Spitze vor sich herumtanzen, um ihr dann das bisschen Stoff mit den Zähnen vom Leib zu reißen. WOZU DESSOUS? Hatte die arme Arielle nichts anzuziehen?

Das Stechen in meiner Brust nahm zu. Ich brauchte noch einen Jägerzotti. Oder Zwei. Dann stopfte ich den Beleg in meine Tasche. Mehr Beweise brauchte ich nicht. Vorerst.

Ach ja, ich musste unbedingt noch Marlene gratulieren, die ja selbst heute arbeiten musste. Die Ärmste. Mit meinem Glas setzte ich mich auf das Sofa und tippte ins Handy: »Liebes, ich wünsche dir zu deinem Geburtstag alles Liebe. Mögen alle deine Wünsche in Erfüllung gehen und du das Glück bekommen, das du verdienst. Ich bin allein. Vermisse dich, Süße!«

30

»Dad hat 'ne Freundin. Cool!«

Sonntag. 17:34 Uhr. Marius sollte um 16 Uhr gelandet sein. So ungefähr. Fluglinien variieren neuerdings ihre Start- und Landezeiten für den Fall, dass ein Ehemann keine genauen Angaben machen will, um nicht überraschenderweise abgeholt zu werden.

Ich hatte ein wirklich leckeres Mahl zubereitet. Extra für meine Familie. Kartoffelauflauf mit Brokkoli und Käse überbacken. Brokkoli war so gar nicht sein Ding. Der Arme. Aber als Henkersmahlzeit gab ich dem Essen eine Zwei plus. Ob es seine Henkersmahlzeit werden würde, könnte er in wenigen Minuten selber entscheiden. Wenn er mich um Verzeihung bat, ein bisschen jammerte und mit mir gemeinsam einen für meine Ansprüche adäquaten Weg suchte, wie wir unsere Leben in Zukunft regeln sollten, würde ich die Guillotine wieder einpacken.

Als ich den Auflauf in den vorgeheizten Ofen schob, kam Marius zur Tür herein. 17:36 Uhr.

»Hallo Schatz«, rief ich ihm aus der Küche zu, hörbar bemüht, so unbeteiligt wie möglich zu klingen. Auch das hatte ich in einer der Nachmittagssoaps gelernt: Die Szenen in diesen Soaps bauten sich immer erst langsam auf, um nach ein paar Minuten zum Höhepunkt zu kommen. Wenn es gerade am spannendsten war, kam die Abschlussmelodie und ein Sprecher verkündete mit reißerischer Stimme: »Sehen Sie morgen, wie Anna Benjamin ihre Schwangerschaft von Sven beichtet.« Natürlich musste man am nächsten Tag wieder einschalten, weil man ja wissen wollte, wie Benjamin die Beichte von Anna aufnehmen würde.

»Hallo Mausi ...« Hatschi.

»Wie war's?«, fragte ich. Ich war gut.

»Ich hatte die falsche Jacke dabei.« Nein, hattest du nicht.

»Ich meine deinen Vortrag.«

Er schnäuzte sich. »Super. Mein Vortrag kam hervorragend an, alle haben geklatscht. Und das bei einem Medizinerkongress, das musst du dir mal vorstellen. Professor Weihersbach war begeistert und will mich bald noch mal einladen. Ich habe viele Fragen beantwortet, Interviews gegeben.«

Fehler! »Für wen?«

»Was?«

»Die Interviews?«

»Ach, nur so Fachzeitschriften.«

Marius setzte sich aufs Sofa und griff zur Zeitung: »Du Mausi, ich bin müde. Ich erzähl dir alles später, o. k.?«

»Hast du keinen Hunger?«

»Nein, hab im Flieger gegessen.« Auf einem 55-Minutenflug?

»Gab's im Flieger keine Zeitung?«

Marius begann zu schwimmen. »Doch, aber ... keine mit Regionalteil Köln.«

»Aha.« Üblicherweise gab es auf Linienflügen Zeitungen immer mit Ausgaben des Start- und Landeflughafens. Also auch von Köln. Ich setzte mich mit einem Jägerzotti auf den Sessel gegenüber.

»Du trinkst?«

»Nein, ich stricke.«

»Oh.«

»Was hast du denn noch gemacht, nachdem der Flieger gelandet ist?«

»Wie meinst du mit ›gemacht‹?« Seine Stimme klang nun doch ein ganz klein wenig genervt.

»Na, ihr seid doch um 15:55 Uhr gelandet. Jetzt ist es kurz vor sechs.«

»Ich hab mich mit einem Kollegen noch unterhalten ... Aber sag mal, was soll das alles?«

»Ich habe Lippenstift an deinem Kragen gefunden.«

»Was???« Marius wurde kreidebleich.

»Kleiner Scherz.«

Ich überlegte, wo der nächste Defibrillator im Haus war. Marius sah auf einmal nicht gerade gesund aus und ich fürchtete, sein Herz hatte ausgesetzt. Gut.

»Hier.« Ich legte den Beleg für die gekaufte Unterwäsche auf den Wohnzimmertisch.

Marius ließ die Zeitung sinken, erkannte den Beleg. Und sah mich dann vorwurfsvoll an. »Wo hast du das her?«

Das war doch jetzt nicht wahr! Er drehte den Spieß einfach um!

»Spionierst du mir schon wieder hinterher?«, fügte er noch hinzu, als hätte ich nicht schon verstanden, was er meinte.

»Zeig mir mal dein Handy.« Ich streckte ihm fordernd die Hand entgegen.

»Sag mal, spinnst du?«

»Zeig mir dein Handy!«

Marius zog sein Handy aus seiner Hosentasche. Er wusste offensichtlich, dass er keine Chance mehr hatte, den Fängen meiner auf vernichtenden Indizien beruhenden Investigation zu entkommen. Ha!

»Sag mal, du spinnst doch wirklich. Du bist doch betrunken!«

Nein, ich war noch nie in meinem Leben klarer im Kopf als in diesen Minuten. »Danke.« Ich nahm das Handy entgegen und durchsuchte seine SMS. Nichts. Kein »Schnuckimausibär«, kein »Hasipup« und auch kein »Fick mich heute, du geile Sau«. Gar nichts. Null. Nada. Weder in den Adressen noch sonst irgendwo fand sich ein Hinweis auf die Meerjungfrau. Auch keine Mails, rein gar nichts. Scheiße.

Marius sah mich ruhig an. Er bekam wieder Oberwasser. »Aber selbst, wenn ich dich betrügen würde, war es nicht das, was du wolltest?«

Ach, auf solche Fangfragen antwortete ich doch erst gar nicht.

»Jetzt lasse ich dich schon in Ruhe und das ist dir auch nicht recht.«

Ach, darauf antwortete ich noch viel weniger.

Marius richtete sich auf, wie man sich eben bei einer sogenannten Aussprache aufrichtet, wenn es kein Entrinnen mehr gibt und die Wahrheit auf den Tisch muss: »Ich will mich nicht von dir trennen, Bea. Das Haus, die Kinder, alles was wir uns gemeinsam aufgebaut haben ...«

Das klang so ehrlich. Und seine Dackelaugen ... Autsch, wieder das Ziehen in meiner Brust. Ich konnte es nicht wirklich einordnen, aber wenn Marius von unserer Vergangenheit sprach, dann hatte ich Schluckbeschwerden.

Er fuhr fort: »... und mein Vater ...« AUTSCH!

»Dein Vater ist ein alter, seniler Trottel!«, platzte es aus mir heraus.

Marius sah mich verwirrt an. Das war gut, dann konnte ich da weitermachen: »Ist das der Grund, warum du dich nicht von mir trennst? Dein Vater? Ist dir eigentlich klar, dass dein Vater überhaupt keine Verbindung mehr von seinem Gehirn zu seiner Zunge hat? Hast du gesehen, wie er manchmal in die Leere starrt? Und bei Tisch redet er mit seinem Essen!«

Marius fing sich wieder: »Worüber regst du dich eigentlich so auf? Du hast doch alles! Haus, Auto, Garten, tolle Kinder ...«

»... einen Mann, der mich verarscht.«

»Du spinnst doch!«

Ich rang nach Luft. Konnte er es nicht einfach zugeben? Ich fühlte mich so gedemütigt. Dass er mich betrog, o. k., daran war ich wohl irgendwie nicht ganz unschuldig. Aber dass er nach all diesen Beweisen nichts zugab, mich nicht um Gnade anflehte, mir nicht die Füße leckte, mich nicht freiwillig mit Gold und Silber überhäufte – das war schon verletzend. Er hielt mich für blöd. Wie lange wollte er dieses Spiel noch spielen?

Wie ferngesteuert stand ich auf und ging zur Abstellkammer. Die Tür knarrte, als ich sie öffnete. Ich griff hinein und holte einen Koffer raus. In ihm hatte ich das Wichtigste bereits verstaut.

Auch Marius erhob sich und wir standen uns im Flur gegenüber.

»Hier«, sagte ich und gab ihm sein Handy zurück. »Hier. Ruf sie an und sag ihr ... dass du frei bist.« Dabei blickte ich ihn traurig an und fühlte mich in diesem Moment auch traurig.

Marius stand vor mir. Er schwieg. Sah auf den Koffer. Dann mich wieder an. Traurig. Keiner sagte ein Wort. Konnte er mich jetzt nicht anschreien? Mir irgendetwas an den Kopf werfen? Ein umfassendes Geständnis ablegen? Alles wäre besser gewesen als dieses Schweigen. Ich fühlte, wie sich meine Augen mit irgendeiner Flüssigkeit anfeuchteten.

Die Wohnzimmeruhr schlug sechs Mal. Das sind die Momente, die man sich für seinen Therapeuten merken musste. Diese Momente, die wehtun.

»Hi Mom! Hi Dad! Na, wie war's?« Die Tür sprang auf und Max und Chrissy kamen hintereinander herein. Als sie uns sahen, blieben sie stehen. Selbst Max bemerkte scharfsinnig, dass etwas nicht stimmte, wenn seine Mutter mit einem Koffer im Flur stand: »Is was?«, fragte er und ließ seine Blicke irritiert von einem zum anderen wandern.

Chrissy musterte den Koffer. »Willst du verreisen?«

Ich schwieg und sah Marius an. Er schwieg auch und sah mich an. Dann schwiegen auch Max und Chrissy. Ich hatte kluge und sensible Kinder. Die wussten ganz genau, was es bedeutete, wenn eine Frau mit einem Koffer und feuchten Augen einem Mann mit einem Handy in der Hand gegenüberstand.

Chrissy durchbrach die Stille mit leiser, zitternder, dreizehnjähriger Stimme: »Wollt ihr euch trennen?«

Marius und ich sahen uns an. Dann blickte Marius zu Boden.

»Papa hat 'ne Freundin, stimmt's?« Chrissys Frage hallte in meinen Ohren schmerzhaft nach.

Marius flüchtete aus der Situation und verließ überfordert das Haus. Ich stand noch immer hilf- und ratlos neben dem gepackten Koffer. Chrissy begann zu weinen und rannte in ihr Zimmer. Max aber kommentierte anerkennend: »Papa hat 'ne Freundin? COOOL!«

ZACK. Meine Hand landete mit voller Wucht in seinem Gesicht.

31

Ein wahrer Held

Marius kam gegen 22 Uhr nach Hause zurück, durchgefroren und durchnässt vom Regen. Er roch nach Bier und Aschenbechern, die erst geleert wurden, wenn sie überquollen. Vermutlich hatte er sein Heil in der nächsten Kneipe gesucht und es dort nicht gefunden. Ich ging ins Bett und ließ ihn auf dem Sofa mit einer Decke zurück. Das fand ich überhaupt grandios, dieses »Decke holen, du schläfst auf dem Sofa«. Wie oft hatte ich das schon in Filmen gesehen und jetzt tat ich genau dasselbe. Wir hatten uns nichts mehr zu sagen. Aber wir würden trotzdem weiterhin nebeneinander her leben. Unter einem Dach. So, wie es Millionen andere Ehepartner machten.

Im Bett lauschte ich noch. Nichts mehr. Marius drehte sich ein paar Mal herum, schnäuzte sich. Kein Schnarchen. Gegen drei Uhr kam er zu mir ins Schlafzimmer. Er sah elend aus: mit tiefen Augenringen, strähnigen Haaren und in die Decke eingehüllt stand er zitternd in der Tür: »Mir ist so kalt.« Wie um sein Elend zu unterstreichen, nieste er erbärmlich.

Schlaftrunken blinzelte ich durch die Augenlider. »Was ist?«

»Mir ist so kalt«, wiederholte er. »Haben wir irgendwo ein Fieberthermometer?«

Oh nein. Er machte auf krank, versuchte es auf die Mitleidstour. Dass er damit genau das Gegenteil bewirkte, schien jenseits seines Begriffshorizonts zu sein. Schon allein die Frage:

»Haben wir ...« oder »Wo ist ...?« brachte mich regelmäßig auf die Palme. Es ist nämlich viel Wahres daran, wenn es heißt, dass man mit der Geburt eines Kindes plötzlich noch eines hat: den eigenen Mann. Der findet plötzlich nichts mehr wieder, will Aufmerksamkeit, ist hilflos beim Packen von Ausflugsrucksäcken. Und jetzt stand mein dem Tod ins Auge sehender Mann nachts um Drei vor meinem Bett und fragte: »Wo ist ...« Obwohl er ganz genau wusste WO IST! Natürlich hatten wir ein Fieberthermometer. Das hatte sogar ER gekauft, weil es Hightechthermometer sein musste, ein Ding, das aussah, wie eine große Spielfigur von Mensch-ärgere-dich-nicht. Man musste es nur an die Stirn halten, dann erzählte es einem mithilfe eines Sprachchips, wie krank man war. Ich wusste damals, als ich das einzige Mal während unserer Ehe krank war, ja nicht, dass es ein Stirnthermometer war. Aber ich hatte es wieder sauber bekommen und das Trauma eines plötzlich sprechenden Hinterns in drei Therapiesitzungen überwunden.

Also: »Ja, wir HABEN ein Fieberthermometer.« Und: JA, die Mitteilung kam an, dass du bald stirbst. Vom Bett aus fügte ich hinzu: »Im Medizinschränkchen im Bad.«

Marius rührte sich zunächst nicht von der Stelle. Stattdessen sank er noch mehr in den Schultern zusammen und zog das Sekret demonstrativ geräuschvoll wieder zurück in die Nase. Aber auch das hatte mich noch nie beeindruckt: Frauen hassen kranke Männer. Das ist so. Das ist evolutionsbedingt. Ein kranker Mann kann nicht jagen gehen und kann die Familie nicht beschützen. Ein kranker Mann ist ein schlechter Mann. Wenn Marius einen Schnupfen hatte, dann war er dem Tode geweiht. Am besten ließ man ihn vor sich hinsterben und versuchte, dem Ganzen keine weitere Beachtung zu schenken.

»Danke«, sagte er leise und schlurfte tapfer ins Badezimmer. So, wie er sich benahm, musste er ca. 47 Grad Fieber haben.

Als er wieder heraus geschlurft kam, sagte er leise, aber sehr tapfer: »38,5«, allerdings nicht ohne hinzuzufügen: »Aber ich fiebere ja nie hoch.«

Der tapfere, kleine Held zog die Decke noch enger um sich. Im Gegenlicht des Badezimmerlichts sah er jetzt aus wie E.T., während er leise und tapfer verkündete: »Dann geh ich mal wieder aufs Sofa.« Und begab sich, nachdem von mir keine Reaktion kam, langsam und sehr bedächtig – schnelle Bewegungen konnten ja das Fieber gefährlich in die Höhe treiben – auf den Weg zur Schlafzimmertür. Dort angekommen, drehte er sich hustend und schniefend noch einmal um und sah mich mit seinem Dackelblick traurig an. Jetzt erinnerte er mich an ein Babyschwein, das ich neulich auf einem Foto gesehen hatte: So niedlich. Aber dieses Babyschwein hier war auf dem Weg zum Schlachter.

»Na gut«, grunzte Mamaschwein schließlich mürrisch und erschüttert ob ihrer Weichheit. »Du kannst hier schlafen.«

»Danke«, hauchte das Häufchen Decke an der Tür und machte sich schlurfend auf den Weg zum Bett. Ich wusste nicht einmal, wann er angekommen war, denn da war ich schon eingeschlafen. Aber ich hatte mich als guter Mensch gezeigt. Wieder einmal.

Am Montagmorgen, Punkt 6:45 Uhr, weckte mich wie gewohnt die Neue Deutsche Welle: »Eine neue Liebe ist wie ein neues Leben ... nanananananaaaa« Auch schön.

Es stöhnte von Marius' Seite. In Zeitlupe schaltete er den Wecker seines Handys aus. Ich wartete darauf, dass er aufsprang und sich duschte, um frisch und gut duftend zu seinen Patienten und zu Arielle zu entschwinden. Und tatsächlich – mein Mann stand auf, ging Richtung Badezimmer, drehte wieder um und legte sich zurück ins Bett.

»Was ist?«, fragte ich.

»Kann nicht«, kam es jammernd unter der Decke hervor.

»Was ist denn?«

»Krank.«

Ach herrje. Hatte es den Armen doch so schlimm erwischt. »Wie lange, meinst du, hast du noch?«, fragte ich betont mitleidig.

»Witzig.«

Ich berührte seine Stirn. Sie war warm. »Miss lieber noch mal Fieber.«

Ich war stolz auf mich, denn ich glaube, das klang nach echter Besorgnis. Angesichts seiner schweren Leiden legte ich doch selber das Fieberthermometer an seine Stirn. 38,6 Grad – mein Mann war wahrlich dem Tode geweiht. »Ich würde an deiner Stelle etwas Fiebersenkendes nehmen.«

Marius schien erleichtert zu sein ob meiner Fürsorge. Er lächelte mich dankbar an.

Attacke: »Aber wir haben keinen Saft und auch keine Tabletten mehr. Nur noch Zäpfchen.«

Das saß. Marius sah mich mit rotunterlaufenen, großen Augen an. Zäpfchen? »Ich soll mir was in den Hintern schieben lassen?«

»Ja, das wirkt sowieso schneller als Tabletten.«

Marius schloss die Augen, als wollte er den scharfen Schnitt der Henkersaxt mit Würde erwarten. »O. k. Mach.«

Was für ein Held. Ich packte genussvoll ein Zäpfchen für Säuglinge aus der Verpackung, mit besonders geringer Dosis, es sollte ja nicht wirklich Besserung verschaffen. »Hose runter.«

Marius entblößte seinen Po und drehte ihn mir zu. Ich betrachtete das Zäpfchen kurz nachdenklich, drehte es zwischen meinen Fingern. Normalerweise benetzt man es mit Spucke, Wasser oder sogar Vaseline, damit es leichter eindringt und nicht wehtut. Normalerweise.

»Das kann jetzt ein bisschen ziepen«, kommentierte ich und schob das Zäpfchen, ohne Spucke und ohne Vaseline, mit der stumpfen Seite voran in sein Afterloch.

»AAAAAUUUUU!!«

Chrissy und Max stürzten ins Zimmer: »Was ist denn los???«

»Papa ist krank«, erklärte ich trocken und ging ins Wohnzimmer, um seinen Kollegen Stefan anzurufen und ihm mitzuteilen, dass Marius krank sei und heute nicht kommen könne.

Nachdem die Kinder in die Schule verabschiedet waren, konnte ich ja mal schauen, was das leidende Menschlein im Sarg machte. Leise öffnete ich die Tür zum Schlafzimmer. Es schlief. Ja, es war tatsächlich eingeschlafen.

Perfekt. Zeit zum Staubsaugen. Rrrrrrn. Die ganze obere Etage war ja völlig verdreckt. Ach herrje. Und in der Nähe der Türen musste man besonders ordentlich saugen und den Staubsauger immer mit ordentlichem Schwung an die Tür schieben, damit es auch perfekt sauber wurde. Ich war schließlich eine gute Hausfrau. Klack ... Klack ... Klack. Rrrrrrrnnn.

Der ruhehungrige Patient wälzte sich schwerfällig und kraftlos in seinem Bett, sah mich mitleidsheischend an, bewegte seine Lippen. Aber leider konnte ich ihn nicht verstehen. Der Staubsauger war so laut.

Fertig. Jetzt Frühstücken. Alleine. Kranke musste man nicht fragen, ob sie Hunger haben. Fasten ist bekanntlich die beste Medizin. Ich machte mir einen Kaffee und briet mir Speck. Hoffentlich drang der leckere Geruch nicht zu dem Leidenden ins Schlafzimmer. Marius liebte Speck. Es wäre ja eine regelrechte Folter gewesen, wenn er das jetzt riechen würde und zu schwach war, aufzustehen.

Danach las ich Zeitung und trank meinen Kaffee. Es war ruhig. Herrlich ruhig. Eigentlich auch ein wenig zu ruhig. Von den Kindern wusste ich, dass Stille im Kinderzimmer Schreckliches bedeutete. Entweder wurde es danach teuer für uns Eltern, oder diese Stille bedeutete, dass beide röchelnd in Seilen unter dem Hochbett hingen, weil sie bei dem Versuch, den imaginären Mount Everest ohne Sauerstoffmaske zu erklimmen, kläglich abgestürzt waren.

Langsam und vorsichtig schob ich die Tür zum Schlafzimmer auf. Marius rührte sich nicht. War er tot? Für einen Moment horchte ich in mich hinein, was diese unerwartete Vorstellung mit mir machte. Gut. Es gab keine Blutlache, keinen Dreck – und wenn er nicht durch äußere Einwirkung dahingeschieden war, war ich juristisch aus dem Schneider.

Es grunzte aus dem Bett. Mist. Es lebte, aber es schien nicht wirklich lebendig zu sein. Auch gut. Drrrt. Mein Handy war es nicht. Das lag in der Küche. Marius Handy wiederum lag auf dem Nachttisch und hatte seit der zarten Weckmelodie keinen Mucks mehr gemacht. Wenn es jetzt noch mal »drrrt« machen würde, sollte ich besser hoch konzentriert sein. Es kam aber nichts. Aber das war doch, verdammt noch mal, ein Handy gewesen.

Schlief Marius? Ja, er schlief. Hastig durchwühlte ich seine Taschen. Nichts. Drrrt. Da war es wieder! Und es kam von Marius Kopf. Sein Kopf gab auf einmal wirklich Vibrationslaute von sich. Seltsam!

Ich betrachtete seinen Kopf genauer: Mein Mann war unrasiert, blass, röchelnde Schleimgeräusche drangen aus seinen Bronchien ... Aber keine Vibrationen.

Drrrt. Ha! Das Geräusch kam unter dem Kopfkissen hervor! Vorsichtig fuhr ich mit meiner flachen Hand darunter. Der Leidende sollte mal schön weiterschlafen. Endlich stieß mein Finger an etwas Hartes. Ja, ein Handy!

»Mmmh«, grunzte er und wälzte sich unruhig auf die andere Seite. Drecksverdammter Mist! Schnell und vorsichtig zog ich meine Hand zurück.

Denk nach, Bea, denk nach! Ich starrte auf meinen langsam aufwachenden Mann. Nein! Er musste weiterschlafen. Ein Schlafmittel! Irgendwo hatte ich doch so ein Zeug. Jeder gute Haushalt mit Kindern hatte zwei Dinge: Kühlpacks und Schlafmittel.

Tatsächlich fand ich im Medizinschränkchen Antidingsda gegen Einschlafstörungen. Ich rührte schnell eine ... nein, lieber zwei ... um ganz sicher zu gehen drei Tabletten in ein Glas Wasser. Der Löffel klackte beim Rühren leise an das Glas. Klimper, Klimper.

Marius wälzte sich und schlug die Augen auf. »Riecht's hier nach Speck?«

Erstaunlich, dass er das durch seine verschnupfte Nase wahrnehmen konnte.

»Hast du Speck gemacht? Kann ich auch?«

Ach herrje, es schien ihm schon wieder sehr viel besser zu gehen.

»Ja.« Ich hielt ihm das Glas hin: »Du musst was trinken.«

»Ja«, sagte er leise und sah mich von unten herauf dankbar an. Nach zwei Schlückchen setzte er ab: »Was ist das?«

»Magnesium und Vit C. Macht fit.«

Nun trank er das Glas aus. Wenn ich jetzt das Zimmer verließe, würde er sein Handy checken. Und wer weiß, was Madame schon für wilde Nachrichten auf das Display gejagt hatte. Oh, wie gerne ich doch gewusst hätte, was sie ihm geschrieben hatte! Also musste ich irgendwie im Zimmer bleiben. Und weil ich ein Fuchs bin, hatte ich eine Idee. Eine großartige Idee! Ich rekelte meine Arme und gähnte. »Hach, so ein kleines Nickerchen ...«

Marius blinzelte mich durch seine müden Augen verwundert an. Ja, ich kam mir selber total lächerlich vor. Aber wenn ich so tat, als wollte ich jetzt neben ihm schlafen, dann schlief er auch ein. Ich konnte ja schlecht Cha-Cha-Cha neben dem Bett tanzen, das hätte ihn nur noch länger wach gehalten. Also legte ich mich neben ihn.

Er stöhnte auf: »Och Bea, nicht jetzt.«

Bitte? Glaubte er wirklich, ich wollte jetzt mit ihm ... »Alles gut«, beschwichtigte ich ihn, »ich hab nur auch sehr wenig geschlafen letzte Nacht.«

Das war wenig einfühlsam, aber einfühlsam genug für meinen Mann, wie ich fand.

32

»Ich würde ihn ganz langsam mit meiner Zunge aufrichten ...«

Nach zwanzig endlosen Minuten schlief Marius tief und fest. Unter seinem Kopfkissen fand ich es dann, das Corpus delicti. Das Beweisstück Nummer eins. Das Beweisstück, das den Lügner und Betrüger zu Fall bringen würde: das »Zweithandy«, wahrscheinlich ausgestattet mit einer Prepaid-Karte. Nahm ich mal an. Alles andere wäre einem Akademiker von seiner intellektuellen Leistungskraft her unwürdig gewesen. Verbindungen mit Prepaid-Karten sind schwer nachvollziehbar, Prepaid-Karten kann man überall kaufen, ohne Spuren zu hinterlassen, es kommt keine Rechnung ins Haus und man kann sie einfach mit Bargeld aufladen. Arielle hatte auch solch eine Karte. Das passte: Herr und Frau Prepaid.

Marius schlief noch immer tief und fest. Ein gutes Schlafmittel wirkte bei ihm anscheinend noch besser als Sex. Wenn ich das früher schon gewusst hätte, hätte ich mir so manches Mal sparen können und stattdessen »Frauentausch« oder »Katzenberger« angucken können. Das merke ich mir für den nächsten Mann.

Langsam scrollte ich zurück bis zu den ersten SMS. Ich wollte keine Schonung, keine halben Sachen. Die erste SMS hatte das Datum des Tages, an dem ich die verräterische MU-SMS auf Marius' eigentlichem Handy entdeckt hatte. Öffnen. Klick.

»Aber bitte pass jetzt besser auf. Ich könnte es nicht ertragen, wenn ich dich nicht mehr sehen dürfte.«

Aha. Dann hat er also gemerkt, dass ich an seinem Handy war! Und das hier war nun tatsächlich das »Handy d'amour«, das »Ich-bin-doch-nicht-blöd-und-nehme-mein-Ehefrau-sieht-alles-Handy!«

Die nächste SMS. Öffnen. Klick. »Komm. Bitte. Ich brauche dich. Ich habe solche Sehnsucht nach dir.« Mhm.

Und weiter! Öffnen. Klick. »Ja, das war geil! Ich hatte noch nie einen Brustwarzenorgasmus ... Ich vermisse dich.« Moment, von wem sprach sie da?

Öffnen. Klick. »Ich bin schon ganz feucht.« Ferkel.

Öffnen. Klick. »Dein Schwanz schmeckt soooo gut!« Bitte???

Mit jeder SMS, die ich weiter öffnete, zitterte meine Hand heftiger. Mir wurde schlecht, dann drehte sich alles. Das war jetzt kein Spiel mehr. Hier hatte ich den Beweis: Marius betrog mich mit Arielle, der Meerjungfrau, die entweder eine sensationelle Schauspielerin war oder wirklich unendlich verliebt in ihn. Sonst würde sie nicht solche Sachen schreiben. Niemals. Nicht in einem geistig gesunden Zustand.

Zitternd öffnete ich die letzte SMS, mein Atem ging flach: »Du Armer! Ich wüsste schon, wie ich dich aufpäppeln könnte. Ich würde ihn ganz langsam mit meiner Zunge aufrichten ... und dann würde ich all die schönen Dinge mit dir machen, auf die du so abfährst ... werd schnell wieder gesund, ich verzehre mich nach dir! Ich warte auf dich ...«

Einen Moment lang lag ich wie paralysiert im Bett. Vieles hatte ich vermutet, aber das hier überstieg doch meine Vorstellungskraft. Anscheinend kannte Arielle einen ganz anderen Marius als ich. War das wirklich wahr oder befand ich mich gerade in einem Alptraum??? War das eine meiner wahnsinnigen Halluzinationen? Nein, die Buchstaben auf dem Display brannten sich förmlich in meine Netzhaut: Zunge ... aufrichten ... verzehre mich nach dir ... warte auf dich ...

»DU ARSCHLOCH!«, schrie ich Marius an. Ich rüttelte ihn an den Schultern. Heftig. Er sollte aufwachen. Er sollte gestehen. Er sollte wissen, dass ich alles wusste! Aber Marius zuckte nicht. Er stöhnte im Schlaf.

Ich schüttelte weiter, packte ihn an der Schulter, schrie in sein blasses Gesicht: »DU ARSCHLOCH! Wach auf! Schau, was ich hier habe! Schau her!« Ich rüttelte noch heftiger an ihm. »Brustwarzenorgasmus, ja? Sie ist schon feucht, ja?«

Selbst, als ich ihm das Handy direkt vors Gesicht hielt, ja es ihm fast in die Nase rammte, kam Marius noch immer nicht zu sich. Er stöhnte, wachte aber nicht auf. Jedenfalls nahm er nichts wahr. Gar nichts.

»Hier! Schau her! Ich weiß alles! Ich weiß alles!« Tränen der Wut rannen mir die Wangen herunter. »Und weißt du auch warum? Weil ICH sie dir auf den Hals gehetzt habe! Ja, das ... das ist ALLES gelogen! Alles eine verdammte Riesen-Show für dich! Oder glaubst du ernsthaft, irgendeine würde auf dich abfahren? Glaubst du das?«

Ich schlug noch einmal auf seine Schulter, dann ließ ich meinen Tränen freien Lauf. Die Anspannungen der letzten Tage forderten ihren Tribut. Schließlich sank ich auf meiner Seite des Bettes in mich zusammen.

Als ich mich wieder einigermaßen beruhigt hatte, schlief Marius immer noch fest. Das Handy hielt ich weiterhin fest umklammert.

Noch immer innerlich aufgewühlt, stand ich auf, ging mit Marius' Zweithandy ins Wohnzimmer, nahm einen Jägerzotti und setzte ich mich aufs Sofa. Vor zwölf Uhr schmeckte der noch besser. So verrucht. So verboten. Alkohol vormittags. Ich kam mir vor wie in »Dallas«. Reiß dich zusammen, Bea!

Bestandsaufnahme: Ich war meinen Mann losgeworden. An Arielle. Er turnte fremd. Mit ihr. Er verheimlichte es. Vor mir. Ich war schuld an allem. Ich hatte es so gewollt. Genau das, was jetzt geschehen war, hatte ich genauso geplant. Dass es trotzdem wehtun würde, hatte ich nicht bedacht, aber da musste ich jetzt durch.

Sie war wohl verliebt in ihn. Und er? Liebte er Arielle? Und was war aus den heißen Liebesschwüren geworden, die er mir früher gemacht hatte? Ja, noch vor ein paar Wochen gemacht hatte? War das alles Lüge gewesen? War alles vorbei? Würde er sich jetzt scheiden lassen? Für sie?

Wenn es so käme, wäre ich alles los. Ich hätte gar nichts mehr. Aber Marius auch nicht. Wenn sein Vater zu seinem senilen Wort stand und ihn enterbte, falls er sich von mir trennte. Oder meinte sein Vater vielleicht, dass Marius generell eine Frau an seiner Seite haben müsste, um zu erben? EGAL, welche? Wenn er seine Meerjungfrau heiratete, was würde Horst dann machen?

Meine Gedanken schossen eine Panikspirale nach oben. Wenn ich Marius zur Rede stellte, was würde er dann sagen? Er würde sagen, dass alles nur ein virtueller Flirt gewesen sei. Mit einem Prepaid-Handy? Dann würde er beteuern, dass es nur eine Spielerei gewesen sei. Nichts Ernstes. Oder er würde mit Arielle eine neue Familie gründen und ich wäre mittellos und allein.

Wer war diese Frau? Ich musste sie sehen. Nein, besser: Ich musste sie zusammen sehen.

Noch ein Schlückchen zum Mutmachen, dann konnte es losgehen. Ich tippte in Marius' Handy: »Mir geht's schlecht. Vermisse dich. Wo bist du?«

Vielleicht hatte ich ja Glück und sie schrieb mir zurück und verriet, wo ich sie finden und umbringen konnte.

Drrrt. »Im Laden, wo denn sonst um die Zeit ;-). MU.«

Miss you. Selber miss you, Fischschwanz. Sie arbeitete also in einem Laden. Das konnte alles Mögliche sein: Supermarkt, Klamotten, Feinkost, Hutladen. Aber auf jeden Fall schon mal keine Schule. Von wegen Lehrerin. Aber ich musste vorsichtig sein, sie durfte auf keinen Fall Verdacht schöpfen.

Drrrt. »Bist du noch im Bett? Wie geht's dir?«

Bei den Worten, die ich jetzt eintippte, würgte es mich. Aber es musste sein: »Vermisse dich halt.«

Drrrt. »Ich dich auch. (Kuss-Smiley)«

»Wann können wir uns sehen?«, tippte ich.

Drrrt. »Wie immer. Schaffst du es?«

Wie immer. Na danke. Ein bisschen mehr Information hätte es schon sein dürfen.

»Muss dich dringend sehen. Meine Frau hat was spitzgekriegt.«

Drrrt. »Deine Frau?«

Ähm, ja, seine Frau. Also ich. Also die, die dich auf ihn angesetzt hat, Schätzchen. Ich verstand gerade mal gar nichts.

Drrrt. »Seit wann sagst du ›meine Frau‹? Dass du mir gegenüber nicht ›meine Mausi‹ sagst, finde ich ja nett von dir, aber ganz entpersonifizieren musst du sie nun auch wieder nicht.«

Ent... was? Doch eine Lehrerschlampe? Aber weshalb dann eben Laden?

Die SMS ging aber noch weiter: »Sag bitte ›Bea‹, das hat sie verdient.«

MOMENT! Ergriff da gerade die Geliebte meines Mannes Partei für mich? Bleib locker, Bea. Und verlier bloß dein Ziel nicht aus den Augen.

»Ich muss dich sehen.« Send.

Drrrt. »Gut. Um 16 Uhr an unserer Stelle?« Diese Frau machte mich WAHNSINNIG!

»Nein, ist mir zu unsicher.« Ich überlegte. Wo konnte ich sie gut sehen, sie aber nicht mich. Von wo aus konnte ich einen Siebentonner auf sie herabfallen lassen? Wo konnte ich sie wie zufällig in ein schnellhärtendes Zementbett treten lassen und dann im Rhein entsorgen? Oh, der Alkohol ließ meine Gedanken fließen. Hm, angenehm, so ein bisschen zu fantasieren ... Aber zurück zur Realität. Wo konnten sie sich treffen?

Drrrt. »Marius? Ist alles o. k. bei dir?«. Wie man's nimmt.

Und gleich noch mal Drrrt. »Mein Liebling, Bea hat morgen Geburtstag. Bis dahin würde ich eigentlich gerne den Ball flach halten.«

Bitte??? Was, woher, wieso wusste DIE von meinem Geburtstag? Und was hatte das mit Marius zu tun? Überhaupt: Was hatte das ALLES mit MIR zu tun? Und ... ach Scheiße, ich hatte ja noch nichts eingekauft.

»Meine süße Meerjungfrau, ich muss dich aber sehen. Ich brauche deinen Körper, deine Küsse, deine Nähe.«

Das hörte sich doch sehr nach einer männlichen SMS an, oder? Oder?

Drrrt. »Wie kommst du auf Meerjungfrau???«

Dieses miese, durchtriebene Luder! Sie hieß gar nicht Arielle! Wie hieß sie dann? Cindy? Monika? Claudelle?

»Nur so, habe mit Chrissy gestern über alte Disneyfilme und so gesprochen. Die Schöne und das Biest, Sindbad, Nemo usw. Wann sehen wir uns?«

Hoffentlich schluckte sie das? Sie antwortete jedenfalls nicht gleich. Hatte ich einen Fehler gemacht?

Drrrt. »Lieber nicht, so sehr ich dich auch vermisse.«

Scheißdreck!

»O. k. (weinendes Smiley)« Senden.

Drrrt. »Ich liebe dich.«

Aua!

Schnell löschte ich die letzten Nachrichten. Jetzt konnte ich nur noch beten, dass die beiden bei ihrem nächsten SMS-Austausch über Körperflüssigkeiten nicht mehr auf diese Konversation zu sprechen kamen, sonst wäre ich verloren. Dann könnte ich Marius höchstens noch unterzujubeln versuchen, dass er während seiner schweren Krankheit einige Stunden völlig weggetreten war. Da kann man auch schon mal eine SMS schreiben, die man danach löscht und an die man sich auch nicht mehr erinnert.

Oh Mann, Bea, was hast du da gerade bloß getan. Ich ging ins Schlafzimmer und steckte das Handy wieder unter sein Kopfkissen. Marius schlief noch. Ach was.

»Bist du da?« Send.

Wahrscheinlich würde Arielle nicht antworten. Natürlich nicht. Nicht, wenn sie meine Nummer sah. Aber ich hatte einen Plan. Wie immer. In meinem nächsten Leben würde ich dieses kreative Talent lukrativer zu nutzen wissen. Und zwar von Anfang an.

»Arielle, ich kann nicht mehr.« Send.

Ich ließ mir Zeit, bis ich die nächste SMS sendete. Arielle sollte diese erst einmal verdauen. Und schon waren wieder 20 Sekunden verstrichen: »Ich will ihn nicht mehr. Gar nicht mehr. Ich habe die Schnauze voll.« Send.

Wieder eine dramaturgisch wertvolle Pause. Noch musste sie nicht antworten. Noch erzählte ich ihr nichts, worauf sie reagieren musste. Aber ich war sicher: Egal, wo sie sich jetzt befand, sie starrte auf das Handy. Und in ihrem Kopf arbeitete es. Dann schoss ich den entscheidenden Pfeil ab, legte den Köder, warf die Angel aus: »Ich möchte mich von Marius trennen.«

Danach lehnte ich mich zurück und wartete ab. Wenn Arielle meinen Mann wirklich wollte, dann würde sie jetzt zugreifen. Dann müsste sie antworten. Ich wartete. Es dauerte. Aber vielleicht war ich auch nur zu ungeduldig. Wie so oft.

Pling. Aha! SMS öffnen.

»Warum denn das?«

Ha, sie wollte offensichtlich ein Spielchen spielen. Das konnte sie haben. Da würde sich schon zeigen, wer hier die Meisterin der Strategiespiele war.

»Ich möchte das alles abbrechen.« Send.

Pling. »Warum?«

»Weil ich einen anderen habe.«

Treffer. Das Schiff hatte Schlagseite, das konnte ich durch das Handy hindurch spüren. Denn schon Sekunden später kam das Pling: »O. k. Was willst du tun?«

Versenkt!

»Ich brauche ein Beweisfoto. Von dir und ihm zusammen.« Send. Pause. Pling. »Wozu?«

Ja, wozu eigentlich? Mist. Fehler im System. Mal kurz nachdenken. Ich musste ihr einen plausiblen Grund nennen. Eine Erklärung wie: »Ich will dich gerne sehen, damit ich dir die Augen mit einer Pinzette heraus pflücken und deine blonden Haare in einen Ventilator stecken kann?« hätte sie wohl nicht verstanden. Also tippte ich ins Handy: »Damit ich einen Beweis habe, falls er mir Schwierigkeiten machen will, wenn ich mich mit meinem Typen treffe.« Send.

Ja, das war gut. Ich war stolz auf mich. Deshalb setzte ich noch nach: »Ich will ihn nicht mehr, verstehst du? Er kann hingehen, wo der Pfeffer wächst. Alles andere wird sich zeigen.«

Ich wartete und starrte auf mein Display. Da ging ja locker noch ein Jägerzotti. Schluck.

Pling. »Also gut. Ich mach es.«

Was? Echt? Hihihi, ich hätte nie gedacht, dass das wirklich funktionierte. Mein Zotti und ich waren plötzlich in Hochstimmung.

33

Der Kuss der Meerjungfrau

Ich fand die Zeit, mir ein paar Nudeln zu machen und aß sie vor der Schlafzimmertür, die ich einen Schlitz weit geöffnet hatte. Gerade so viel, dass ich Marius gut im Blick hatte, wenn er Anweisungen bekam, wann und wo er sich ins Unglück stürzen sollte.

»Mama, hast du getrunken?«, fragte Chrissy, als sie von der Schule nach Hause kam und mich mit meinem Glas auf der Treppe vor dem Schlafzimmer durch die Tür spitzen sah.

Ich drehte mich herum und hielt völlig kontrolliert meinen gestreckten Zeigefinger an meine gespitzten Lippen: »Pscht!«

Chrissy kam zu mir, kauerte sich neben mich und lugte ebenfalls zu Marius. »Was macht Papa?«, fragte sie.

Ich gab ihr noch mal das Zeichen zum ruhig sein. Chrissy guckte angestrengt, konnte aber nichts erkennen: »Er schläft.«

Als hätte sie erfolgreich das Ei des Kolumbus auf den Tisch gestellt, bestätigte ich die Aussage mit einem leisen »Ja« und nickte dazu. Dann drückte ich meiner Tochter ohne sie anzusehen das Glas in die Hand. Sie stand auf, nahm auch den leergegessenen Teller und ging damit in die Küche.

Da! Es rührte sich. Ich sah, wie es sich wälzte. Marius schlug die Augen auf. Desorientiert blickte er sich im Raum um. Allmählich schien er zu begreifen, wer und wo er war. Er fasste sich an den Kopf und dann stirnrunzelnd an die Schulter. Ja gut, ich war vorhin nicht gerade zärtlich mit ihm gewesen. Schließlich griff er unter das Kopfkissen und holte das Handy hervor. Er las. Dann tippte er. Und lächelte. Arsch.

Pling. In meiner Tasche. Marius schaute zur Tür und ich drückte mich rasch an die Wand. Ach, der hatte mich nicht gesehen. Und selbst wenn. Ich konnte schließlich in meinem Haus auf dem Boden vor Türen herumkriechen, wie und wann immer ich wollte.

Nun holte auch ich mein Handy hervor und las: »Es gibt einen Eingang zum Park in der Beduinstraße. Da werden wir um 17 Uhr sein.«

Bestens! Nein, nicht bestens. Wie sollte ich ihm denn folgen? Mit meinem Auto? Das erkannte er doch auf dreihundert Meter Entfernung, auch wenn es in unserer romantischen Kleinstadt nicht nur einen schwarzen Mini gab. Ja, genau genommen gab es zwei. Woher sollte ich ein Auto nehmen, das er nicht kannte? Wenn ich recht überlegte, konnte ich eigentlich jedes nehmen, außer seines und mein eigenes. Na ja, den himmelblauen Smart von unserem örtlichen Sanitärgeschäft hätte er vielleicht auch erkannt.

Marlene! Also, Handy gezückt und getippt: »Lenchen, meine Süße! Meinst du, ich könnte heute dein Auto haben? Meines kann ich heute nicht nehmen. Erklär ich dir später.« Send.

Und schon kam die Antwort: »Ja, hol ab. Bin Laden.«

DAS war meine Marlene. Immer hilfsbereit.

Gegen 16:30 Uhr machte sich Marius ausgehfertig. Ich verzichtete auf die geheuchelte Frage, wo er denn hinwolle, wo er doch gerade noch dem Tod geweiht war. Raus sollte er – damit ich hinterher konnte. Ja, in den letzten zwei Stunden hatte er sich so rasend schnell erholt, dass es fast an ein Wunder grenzte.

Eilig zog er sich Schuhe und Jacke an. Chrissy kam aus ihrem Zimmer und hielt eine Arbeit in der Hand. Zum Unterschreiben. »Dad, wo willst DU denn hin? Du bist doch krank?«

Nein, war er nicht, er war vollkommen gesund. Zumindest physisch.

Ich schnappte mir die Arbeit und unterschrieb, Marius sollte sich weder gestört noch gar beobachtet fühlen. Eine Fünf in Mathe. Schon die zweite dieses Jahr. Darum musste ich mich dringend kümmern. Später.

Marius steckte seinen Schlüssel ein und erklärte dreist: »Ich muss zur Apotheke.« Pah!

»Aber das kann Mama doch machen«, warf unsere Tochter ein.

Marius musterte mich abschätzig und entschied: »Nein, kann sie nicht.«

Wieso? Mir ging es doch gut! ER hatte die letzten zwei Stunden gebraucht, um plötzlich wundersam geheilt zu werden, die Wirkung von drei Schlaftabletten zu verdauen, sich zu duschen, zu rasieren und zu duften wie aus der Cool-Water-Werbung. ICH hatte mir lediglich ein bisschen Mut angetrunken. Wirklich nur ein kleines bisschen. Es war alles gut. Subjektiv gesehen.

Chrissys zustimmenden Blick zu Marius' Kommentar übersah ich geflissentlich, während ich zwecks besserer Standfestigkeit eine Hand auf den Küchentresen legte.

Dann war er weg. Chrissy blieb vor mir stehen und wartete anscheinend noch auf irgendetwas. Die Arbeit hatte ich ihr doch schon unterschrieben zurückgegeben, was war denn nun noch?

»Ich bin nicht fertig geworden«, sagte sie.

»Womit?« Ich verstand nur Bahnhof.

»Mit der 6a, und die 7 hab ich gar nicht.«

Ach so, die Fünf. Jaja, darum würde ich mich später kümmern. Jetzt musste ich los. Schnell!

»Das kann doch mal passieren. Nächstes Mal wird es besser, Schatz.«

Damit entließ ich sie in ihr Zimmer. Bühne frei für mein selbstinszeniertes Stück in einem Akt: Tod den Meeressäugern.

Das Fahren ging gar nicht so schlecht. Gut, eine Alkoholkontrolle hätte ich nicht überstanden. Deswegen erinnerte ich mich daran, was mein alter Freund, Herr Tom Rechtsanwalt, gesagt hatte: »Wenn du mal betrunken Auto fährst, dann nimm eine Flasche Hochprozentiges mit ins Auto. Wenn dich dann eine Streife anhält, mach Fenster und Türen zu, Motor aus und fang an zu trinken. Sie dürfen nichts machen. Wenn du dann betrunken bist, steigst du aus. Es gibt kein Gesetz, das verbietet im Auto zu trinken. Du darfst nur nicht betrunken fahren.« Und so lag mein zusammengemixter Jägerzotti brav auf dem Beifahrersitz und war bereit für seinen Einsatz. Im Notfall.

Ich unterhielt mich mit dem Navi. Das tat ich manchmal. »Was meinst du, wo soll ich langfahren?« Chantal, so nannte ich es, antwortete nicht immer sofort, aber irgendwann verkündete es: »In zweihundert Metern links abbiegen.«

»Meinst du nicht doch lieber rechts?«

»In fünfzig Metern links abbiegen.«

»Chantal, und wenn ich doch rechts abbiege?«

»Jetzt links abbiegen.«

Ich nickte und bog links ab. Je näher ich dem Zielpunkt kam, desto mehr spürte ich, wie das Blut in meinen Adern schneller gepumpt wurde. Gleich würde ich Arielle wiedersehen. Wobei »wiedersehen« vielleicht der falsche Ausdruck war, bislang kannte ich nur ein Foto von ihr. Und auch das nur aus dem Gedächtnis, denn bei LOVETOGO war ich raus und das Foto damit weg. Sie hatte blonde, schulterlange Haare, daran erinnerte ich mich. Ach, was sollte es, ich würde einfach die nehmen, die Marius im Arm hatte. Die Marius im Arm hatte? Genau. So wie ich das ja selber gewollt hatte.

Ich bog in die Moorstraße ein. 16:46 Uhr. Zu früh. Aber Marius war auch schon früher weggefahren als eigentlich nötig. Warum eigentlich? Zudem war der Ort schlecht gewählt von Arielle, ich konnte nicht sehr nahe herankommen, ohne dass die beiden mich sehen würden. Die Straße lief an dem Park entlang. Dessen Eingang war mit Metallpollern für Autofahrer unpassierbar gemacht worden. Radfahrer konnten durch. Spaziergänger, Hunde, Katzen, Kaninchen auch, aber kein Auto, nicht einmal mein Mini.

Links neben dem Eingang stand eine große Steinskulptur auf einem Podest. Ein stolzer Löwe. Er blickte würdevoll Richtung Straße. Kinder setzten sich manchmal auf seinen Rücken und spielten Löwenbändiger. Löwenskulpturen am Eingang eines Grundstückes sollen laut Feng Shui angeblich Schutz bringen, deswegen standen auch vor dem Eingang zu unserem Lieblingschinesen welche. Irgendwann müsste auch ich einen Löwen neben meinem Hauseingang haben. Post-it.

Dumm, ich musste den Wagen ein Stück weiter weg parken, hinter einem anderen parkenden Fahrzeug. Zum Glück hatte Marlenes Auto die gleiche langweilige Farbe wie sieben Millionen andere deutsche PKWs: Schwarz. In einem allerweltsfarbigen, fremden Auto war ich quasi unsichtbar, und das war im Moment das Wichtigste.

16:49 Uhr. Noch zehn Minuten, bis ich sie sehen würde. Zusammen mit ihm. War ich dazu bereit? Ich nahm einen Schluck aus meinem Freund, der mir das Leben so viel leichter erscheinen ließ. So viel wärmer. Hey, Alkohol war auch keine Lösung, aber ich trank ja auch nicht viel. Nur zur Entspannung mal ein bisschen. Und gegen die Aufregung. Das hätte ja wohl jeder verstanden, der in meiner Situation gewesen wäre. Ich würde gleich die Frau sehen, in die mein Mann alles steckte, was vorher mir gehört hatte: Liebe, Aufmerksamkeit, seinen Schwanz ... Und womöglich, und das war das Allerschlimmste, schmiedete er sogar Zukunftspläne mit ihr. Vielleicht würde sie ihm Kinder anhängen! Vielleicht würden sie einen Hund haben, den ich nie gewollt hatte. Vielleicht konnte sie kochen. Und wer weiß, was sie noch so alles Tolles konnte. In meinem Kopf begannen sich die schrecklichsten Gedanken gegenseitig zu befruchten.

16:56 Uhr. Was würden sie tun? Würde ich mit ansehen müssen, wie er mit seiner Zunge in ihr herumwühlte? Hier? In aller Öffentlichkeit? Unsere Ministadt, die sich mit Ach und Krach diesen Titel erkämpft hatte, war nicht Köln. Hier kannte man sich. Und warum wollte sie in ihn ausgerechnet hier treffen? Sie kam doch aus Köln. Oder nicht?

Noch zwei Minuten. Es war schon dämmrig. Jedenfalls empfand ich das so. Viele Menschen waren nicht mehr unterwegs.

Als ich gerade einen großen Schluck von meinem Mixgetränk nahm, blendeten mich plötzlich näherkommende Scheinwerfer über den Rückspiegel. Ich duckte mich. Ja, toll, Bea, da hast du dich genau in die Zufahrtsstraße gestellt. Aber der Wagen fuhr vorbei. Marius Wagen. Er stellte das Auto nahe am Parkeingang ab, stieg aus und schaute sich suchend um.

18:03 Uhr. Arielle verspätete sich. Jetzt schon um drei Minuten und eine vierte würde sicher hinzukommen. Ich nahm einen Schluck Zotti. Was, wenn sie gar nicht kam? Wenn sie ihn versetzte? Was, wenn sie eine bessere Spielerin war als ich? Ich musste auf mein Gefühl vertrauen. Und das sagte mir eindeutig, dass sie kommen würde. So wie er schon oft zu ihr und in ihr gekommen war.

Liebte Marius sie? Liebte er sie mehr als mich? Liebte er mich überhaupt noch? Wie er so dastand und auf sie wartete und lächelte ... Ich kannte dieses Lächeln. Das hatte einmal mir gegolten. Vor langer Zeit.

Der Alkohol vernebelte meine Sinne. Vor meinen Augen sah ich Marius, wie er mir den Heiratsantrag machte. Wie er mir Herzchen an den Monitor klebte, mir abends die Füße massierte, selbst, wenn er selber völlig erschöpft aus der Praxis kam. Ich sah, wie wir uns im Park gegenseitig aus einem Buch vorlasen und er mich mit einem Grashalm am Ohr kitzelte. Ich spürte die erste zärtliche Berührung seiner Hände an meinem Körper. Ich sah die Burg, in deren Krönungsraum er leidenschaftlich über mich herfiel und mir danach seine Liebe gestand.

Nein. Ich musste es ihm sagen. Ich musste ihm sagen, dass das alles ein furchtbarer Irrtum war. Dass ich schuld sei an seiner Bekanntschaft mit Arielle und dass ich ihn niemals hergeben würde. Ja, ich hatte mich total verrannt. Wegen ein paar herumliegender Socken so einen Aufstand zu machen! Eine funktionierende Ehe zu zerstören! Nein, ich musste es ihm sagen. Ich würde mich vor ihn werfen und ihm gestehen, dass ich ihn wohl immer noch liebte.

So. Resolut schraubte ich den Zotti zu, warf ihn auf den Beifahrersitz und fingerte unkoordiniert an der Gurtschnalle herum, um mich zu befreien und zu ihm zu gehen. Klack.

Da kam sie. Wie aus dem Nichts war sie plötzlich aufgetaucht. Zu spät. Zu spät für ihn, aber genau ein bitteres Geständnis zu früh für mich. Ich spürte, wie mein Herz die Luft anhielt. Ich kniff die Augen zusammen, um in der Dämmerung besser sehen zu können. Eine blonde Frau mit hohen Schuhen.

Genau das Richtige für einen Spaziergang im Park. Einen Rock hatte sie auch an, keinen Fischschwanz. Eher ganz ordentliche Beine. Zwei Stück. Es gab sie also wirklich. Mein Gott. Sie trat von hinten an Marius heran. Na toll, so konnte ich weder ihn noch sie sehen. Zwei Hinterköpfe. Sie sagte irgendetwas. Marius drehte sich um und strahlte sie an. Er strahlte so, wie ich ihn kaum mehr in Erinnerung hatte.

Dann nahm er sie in die Arme und küsste sie. Zärtlich. Seine Hand wanderte an ihren Po und packte zu. Dann wanderte er tiefer und schob den Rock ein wenig hoch. Wieder griff er beherzt zu.

Arielle schaute sich um, löste sich aus seiner Umarmung. Marius trat einen Schritt zurück und lächelte sie an. Er fragte etwas und deutete dabei auf ihre Haare. Sie schien zu lachen. Wenn ich doch nur ihr Gesicht erkennen könnte.

Er nickte zustimmend. Arielle schob ihn zu der Löwenskulptur. So konnte ich sie noch weniger erkennen!

Ach Scheiße, schoss es mir plötzlich durch den Kopf, ich hatte die Kamera vergessen. Vor lauter Chrissy und »schnell, schnell« und »Ich-muss-Arielle-töten«-Fantasien hatte ich sie zu Hause liegen lassen. Hektisch fingerte ich an meinem iPhone herum. Scheiße! Auf dem Display sah ich nur eine dunkle Masse. Ich fotografierte trotzdem. Die Dunkelheit. Und einen blonden Punkt. Für einen Moment stellte ich mir vor, wie es wäre, wenn ich den Blitz einschalten würde. Wie sie beide erschrocken in meine Richtung glotzen würden und ich zwei aschfahle Gesichter mit weit aufgerissenen, verschreckten Augen festgepixelt hätte.

Als ich vom Display aufsah, stockte mir der Atem. Marius hatte Arielle hinter den Löwen gezogen. Sie ... taten ... es? Ich sah eindeutige Bewegungen. Oder bildete ich mir das nur ein? Was für ein Dreckstück! Sie wusste doch, dass ich sie beobachtete! Und sie musste sogar annehmen, dass ich Fotos machen würde! Was war das denn für eine Scheißkuh! Ich konnte Marius' Gesicht kaum sehen. Es verschwand immer wieder hinter einem blonden Haarschopf. Überhaupt konnte ich kaum etwas erkennen, die beiden verschwammen zu einer wabernden Masse hinter einem Löwen, auf dem tagsüber Kinder spielten.

Nach etwa einer Minute hörten sie auf mit dem, was sie da machten. Marius warf den Kopf zurück und lachte. Dieses Lachen riss mir ein Stück Muskelfaser aus meinem Herzen.

Er schaute auf die Uhr, wie es aussah. Dann lächelte er sie an und schüttelte den Kopf. Arielle bewegte sich nicht mehr.

Was hatte er ihr gesagt? Verdammt, wenn ich doch nur ihr Gesicht sehen könnte! Marius ging um den Löwen herum zu seinem Wagen. Ja, klar, er war ja nur kurz »in die Apotheke« gefahren. Und weil die Apotheke unseres Vertrauens dieses wahnsinnig außergewöhnliche Medikament nicht hatte, musste er zur Notapotheke ins nächste Dorf fahren. Deswegen war er über eine Stunde unterwegs gewesen. Wie billig. Jetzt aber schnell heim zu Mutti, du Arsch.

Instinktiv duckte ich mich. Eigentlich war ich viel zu weit entfernt, als dass er mich hätte sehen können, außerdem war es inzwischen wirklich fast dunkel geworden. Ja, ich war viel zu weit weg. Vielleicht sollte ich etwas näher heranfahren. Aber das Auto würden sie sofort bemerken. Und außer ihnen war weit und breit niemand zu sehen. Alles war ruhig. Ein ruhiger, lauer Herbstabend.

Marius schloss den Wagen auf und griff auf den Beifahrersitz. Als er wieder auftauchte, hatte er ... einen riesigen Strauß langstielige rote Rosen im Arm. Deswegen war er also früher losgefahren! Ich wusste genau, wo er die her hatte. Es gab in unserem Städtchen nur einen Laden, der solche wunderschönen Rosen führte. Früher hatte er mir solche Rosen von dort mitgebracht. Jeder Dorn dieser Rosen jetzt bohrte sich einzeln in mein Herz, die Dornen waren für mich, die Blüten für Arielle. Ich hasste sie! Ich wollte sie töten! Mein Blick war auf sie geheftet. Ich sah sie nur von hinten. Als ob sie es darauf anlegte, dass ich ihr Gesicht nicht erkennen konnte.

Jetzt schüttelte sie den Kopf. Marius sagte etwas und drückte ihr die Rosen in den Arm. Arielle schüttelte den Kopf, nahm sie aber an und ging los. Von ihm weg.

Ich ließ den Motor an. Marius lief ihr hinterher, hielt sie fest und umarmte sie. Ich gab Gas. Arielle löste sich aus seinem Arm und lief los, auf die andere Straßenseite. Ich lies die Kupplung mit einem Ruck kommen und gab Gas. Vollgas. Das Auto raste auf Arielle zu. Ich hielt den Lenker mit beiden Händen fest. Noch dreißig Meter. Ihr Körper erleuchtete hell im Scheinwerferlicht. Sie drehte mir erschrocken das Gesicht zu. Noch wenige Meter und sie war tot.

Plötzlich sah ich Marius auf sie zulaufen. Er griff nach ihrem Arm. Marius! MARIUS! Im letzten Moment riss ich das Lenkrad herum. Aber da war es schon zu spät. Das Auto erfasste Arielles Körper mit dem rechten Kotflügel, sie wurde gegen Marius geschleudert, die Rosen flogen gegen meine Windschutzscheibe.

Ich schaltete die Scheibenwischer an und fuhr weiter. Es war dunkel. Das Radio dudelte »That's what friends are fooor ...«

34

»Ich ... habe jemanden ... umgebracht«

18:54 Uhr. Himmel, wann kam sie denn endlich? Seit über einer Stunde saß ich nun schon mit dem Rest Jägerzotti in der Hand auf den Stufen vor dem Salon Helga. In den letzten 30 Minuten hatte ich Marlene bestimmt fünfzehn SMS geschrieben, oder sagen wir: versucht zu schreiben. Tippen ist in einem so desolaten Zustand kein einfaches Unterfangen mehr.

»Bitte komm Salon. mus reden.«

»Malen, btte komm.«

»Bn betunkn!!«

»Mauseinaschloch«

»Bte kommenlich bauchdcihso!«

Ich kauerte auf der obersten Stufe und lehnte am Türrahmen, die Flasche fest in meiner Hand. Ein kleiner Rest Jägermeister mit Ramazotti sammelte sich auf dem gläsernen Boden.

Endlich kam Marlene. Eine wahre Freundin. Als ich sie sah, versuchte ich aufzustehen, kam aber nur bis in die sitzende Aufrechte. »Mahlene! Da bissu ja!«

Meine Freundin stand vor mir. Ich griff nach ihrer Hose und zog mich daran zu ihr hoch.

»Was guggsu so?« Ich kramte in meiner Jackentasche und zog ihren Autoschlüssel heraus. »Hieris dein Schlüssel. Ich hab fast gar nix kaputt gemacht.« Fast.

Ein Pärchen schlenderte durch den kühlen Abend. Sie sahen

neugierig zu uns herüber. Ich glotzte zurück: »Jaja, glotzt nur ... LOVETOGO, ne. Dein Gesicht kenn ich doch, ne???«, blaffte ich die junge Frau an.

Marlene schloss schweigend die Ladentür auf. »Was machst du hier?«, fragte sie mich.

»Hä? Ich hab dir doch ganz viel Esemesen geschickt. Hassu die nich bekommen? Hatter dich so gefesselt? Hähä.«

Ich griff nach ihrer Tasche und wollte das Handy rausholen, um ihr zu beweisen, dass ich mich – sagen wir mal – angemeldet hatte. Marlene entriss mir hastig die Tasche und stopfte sie unter den Empfangstresen. »Nein, mein Handy ist hinten.« Sie deutete auf den Bürobereich des Salons. »Ich rufe dir ein Taxi«, fügte sie hinzu und verschwand hinter dem Vorhang.

Ping. Es pingte in ihrer Tasche. Hä?

»Es hat gepingt«, sagte ich.

Gut, wenn der Prophet nicht zum Berg kam, dann musste der Berg eben zum Propheten gehen. Also nahm ich die Tasche und brachte sie ihr. Als ich den kleinen Raum betrat, schreckte sie herum. In der Hand hielt sie ihr Handy. Sie schien sichtlich angespannt zu sein. Wahrscheinlich hatte sie ein blödes Date gehabt. Oder einfach nur Stress.

»Hier, deine Tasche. Sie hat gepingt.«

Mann, war die schwer, was war da denn alles drin? Irgendwann würde ich auch so eine Tasche haben, in der man seinen ganzen Hausrat mitnehmen konnte. Auch eine so bunte, große.

»Danke.«

»Wiesohassu eigentlich zwei Handys ...?«

»Weil ich so ... freier bin.«

Ach so.

»Aaaaah, der heimliche Mister R. Wann seh ich ihn denn mal?«

Marlene wirkte nervös. »Was willst du hier?«

Eine echte Freundin hatte sogar mitten in der Nacht noch Zeit, um sich meine elende Geschichte anzuhören. Und Marlene war so eine.

»Du biseine ECHTE Freundin, weissu das?« Ich ließ mich auf den Metallstuhl nieder.

Marlene schwieg. Sie zündete sich eine Zigarette an, blieb aber stehen. Also, meine Nähe suchte sie nicht gerade. Aber das konnte ich irgendwie verstehen, ich musste ja stinken wie ein Schnapsladen.

»Ich brauche deine Hilfe.«

Ich versuchte mich zusammen zu nehmen. Wieder klar denken. Schwer genug. Marlene musste mir helfen, denn womöglich hatte ich etwas sehr Schlimmes getan. Womöglich. Wenn ich das alles doch nur nüchtern erlebt hätte. Aber dann hätte ich es nicht getan.

Ich holte Luft: »Marlene ... »

Einen Moment lang wusste ich nicht, wo ich anfangen sollte. Meine beste Freundin stand vor mir. Rauchend. Regungslos. Sie lehnte mit ihrem Po an der kleinen Arbeitsplatte, die Arme verschränkt, die Zigarette in der Hand.

»... ich ... habe jemanden umgebracht«, stammelte ich und starrte sie an.

Marlene stieß den Rauch aus. In ihrem Kopf schien es zu arbeiten. »Was?«

Sprach ich so undeutlich? »Ich habe jemanden umgebracht. Überfahren. Zack, tot!«

»Wie ... kommst du denn darauf?«

»Na, weil ich es gesehen habe ... Ich war dabei.«

Trotz meines Zustands spürte ich, dass meine Argumentationskette löchrig war. Also, neuer Anlauf, volle Konzentration und langsam und deutlich sprechen: »Aaaalso ... Marius betrügt mich ... mit einer Meerjungfrau ... und die is jetzt tot, weil ich sie su dem blöden Löwen gelockt habö.«

Das hörte sich doch nachvollziehbar an.

Marlene überlegte kurz. Dann entgegnete sie: »Ich glaube nicht, dass sie tot ist.«

»Doooch, un ihr blonder, hässlicher Kopf liegt jetzt total zermatscht auf dea Straße in eim Haufn Scheißrosen ... Ich weiß auch nicht, wie das passieren konnte, ... aber ich wa so wütend, weil ... Maius hat sich so vaändert, ... er duscht, er riecht gut ... Oh Gott, wie er gut riecht jetzt auf einmal ... er lächelt, er glotzt den ganzen Tag abwesend vor sich hin. Er hat neue Unterhosen ... Marlene, er hat neue UNTERHOSEN! Er versteckt ein Handy vor mir undann habich Rauch gerochen, wenn er von der ›ARBEIT‹ kommt. Ja, von der ›ARBEIT‹! Er vögelt sie und lügt mich an ... Extratermine und so ... Ich hab ihn verloren, Marlene, ich habe ihn VEALOREEN ...«

Marlene blies den Rauch aus. Ohne eine Miene zu verziehen, begann sie langsam zu sprechen: »Also, Punkt eins: Was, wenn sie ihn gar nicht mehr will, weil ... sie vielleicht einfach nicht der Typ ist, der als Schattenfrau ihr Dasein fristen will? Marius würde sich doch niemals von dir trennen.«

»Weiß nich.«

»Ich weiß es aber. Weil er dein Mann ist und bleiben wird und ... weil er dich liebt, egal, welche noch so tolle Frau ihm über den Weg läuft. Weil ihr eine gemeinsame Vergangenheit habt, gemeinsame Erinnerungen, gemeinsame Kinder ... ihr seid ein eingespieltes Team. Weißt du, wie viel das wert ist?«

Was war denn das? Marlene hatte ja Pipi in den Augen? Dass ihr mein Schicksal so naheging, hätte ich nun doch nicht gedacht.

»Aber ich habe jemanden umgebracht.« Das war Fakt!

Marlene drückte ihre Zigarette aus. »Wo steht das Auto?«

»Draußen rechts.«

»Komm mit.« Sie zog mich mit sich nach draußen. Das Auto stand mit einem Rad auf dem halben Gehweg. Für meinen Zustand hatte ich wirklich gut geparkt. Die Straßenlaterne leuchtete hell. Marlene deutete auf das Auto: »Wo hast du sie angefahren?«

»Beduinstraße.«

»Nein, wo am Auto, meinte ich?«

»Da.« Mein Finger zeigte auf den rechten Kotflügel vorne. Aber da war nichts. Der Wagen war tadellos in Ordnung! Ich strich über die Lackierung. Himmelherrgott, was bedeutete das?

»Aber ich HABE sie umgefahren! Ich hab's doch gesehen!«

»Jedenfalls nicht mit meinem Auto.«

Damit ließ sie es auf sich beruhen und ging wieder hinein. Marlene war komisch heute. Aber ich ja noch viel mehr.

Ich folgte ihr, hielt den Blick auf den Boden gesenkt und suchte nach Erinnerungen an die vergangenen zwei Stunden. Der Alkohol drückte jede Regung von aufkommender Logik zurück in momentan durch Ethanol unbrauchbar gemachte Gehirnwindungen.

»Dann ... ist also ... alles gut?«

Marlene sah mich an und schwieg.

»Was ... mach ich denn jetzt?«

»Ich fahr dich nach Hause.«

35

Alles Gute zum Geburtstag!

Kurz vor Mitternacht. Nach einer weiteren heißen Dusche ging es mir endlich besser. Ein bisschen jedenfalls. Ich kam in meinem Plüschmantel aus dem Badezimmer und schaute zum Bett. Marius schlief. Ich betrachtete ihn, meinen Mann, den ich vor 16 Jahren geheiratet hatte. Aus Liebe. Dann kam Arielle? Dieses Miststück. Zugegeben, ich wollte ja, dass sie ihn mir abnimmt. Aber doch nicht so. Nicht mit Haut und Haaren. Bestimmt hatte sie das alles geplant, wollte ihn ganz für sich haben. Von Anfang an. Hah! Einen Zahnarzt. Einen liebevollen, guten, tollen Zahnarzt. MEINEN Zahnarzt. MEINEN Marius. MEINE Familie!

Ich kniete mich vor ihn, so konnte ich ihn besser sehen. Er roch gut. Ich bekam plötzlich Lust, ihn zu berühren. Meine Hand wanderte unter die Decke. In seinen Schritt. Es war weich und warm. Vertraut. Marius grummelte etwas. Ich begann, ihn mit den Fingerspitzen zu streicheln. Langsam, zärtlich. Marius kam zu sich und murmelte verwirrt: »Wssn?«

Dann sah er mich vor seinem Bett knien, meine Hand unter der Decke, der Bademantel offen. Meine Brüste wirkten im Mondlicht wie die einer Zwanzigjährigen. Sehr schön. Ich fühlte unter meinen Fingern, wie sein Penis größer wurde. Er streckte seine Hand aus und strich mir vorsichtig mit einer Fingerspitze an meinem Dekolleté entlang. Kurz vor der Brustwarze hörte er auf. Das machte mich an. So zärtlich war er seit Jahren nicht gewesen. Ich spürte, wie sich eine Sehnsucht nach ihm in mir ausbreitete. Eine Sehnsucht, die ich schon lange nicht mehr empfunden hatte – nach seiner Wärme, seinen zärtlichen Berührungen. Meine Hand glitt an seinem Bauch entlang zu seiner Brust. Ich mochte die Haut an seinem Bauch, sie war so weich wie die eines eingecremten Babys nach dem Baden.

Marius fasste meinen Arm und zog mich zu sich heran. War das jetzt auch eine Halluzination? Selbst wenn, dann würde ich alles dafür geben, dass sie nicht aufhörte. Ich kroch unter die Decke und auf ihn. Er streifte mir den Bademantel über die Schultern. Breitbeinig saß ich auf ihm und spürte unter mir sehr deutlich, wie sehr ihm das gefiel. Mir auch.

Dann drang er in mich ein und wir liebten uns. Sanft, zärtlich, leidenschaftlich. Er nahm mich und ich ließ mich nehmen. Ich gab mich ihm völlig hin. Ich war sein. Es war etwas zwischen uns, das keine Frau der Welt uns nehmen konnte. Keine.

Alles Gute zum Geburtstag, Bea.

36

»The winner takes it all ...«

»Guten Morgen! Happy birthday!«

Max und Chrissy brachten mir das Frühstück ans Bett, das war so Tradition bei uns, eine Tradition, die ich eingeführt hatte, als beide noch in die Grundschule gingen. Und es war eine gute – nur heute nicht. Denn ich lag nackt mit meinem Rücken an Marius gepresst und er hielt mich von hinten umschlungen. Er und alles an ihm waren schon eine ganze Weile wach, und da ich Morgensex auf einmal wieder liebte, waren wir uns schnell einig geworden.

»Waaaah! Habt ihr kein Zuhause?«, kommentierte Max und stürmte aus dem Zimmer.

Chrissy stellte das Tablett auf den Boden, sagte noch mal »Happy birthday, Mama« und folgte ihrem Bruder. Na toll, wieder ein Trauma mehr für den zukünftigen Therapeuten meiner Kinder.

Marius stand auf: »Ich muss in die Praxis ... aber ich komme natürlich früher nach Hause ... an deinem Geburtstag. Happy birthday, Mausi.«

Herrlich, dieses »Mausi«. Ich stand auch auf: »Oje, ich muss noch so viel vorbereiten.«

Mein Kopf fühlte sich an, als hätte ein Elefantenhintern die ganze Nacht darauf gesessen. Aber ich musste noch für die Gäste einkaufen und das Haus aufräumen. Auf einmal hatte ich das Bedürfnis, alle meine Freunde einzuladen: Barbara, Nicole, Manu, Eddy ... eben alle, die mir einfielen. Ja, heute hatte ich doch wirklich etwas zu feiern! Tom bat ich noch um einen Extragefallen und wusste, er würde mir helfen.

»Hast du Lust, heute Abend gegen 20 Uhr mit mir auf meinen Geburtstag anzustoßen und ein Häppchen zu essen?«, schrieb ich sie der Reihe nach an. Tatsächlich sagten spontan noch sieben Gäste mit und ohne Anhang zu. Das nannte ich Freunde! Es würde eine tolle Party werden.

Anschließend räumte ich Marius' Socken vor dem Wäschekorb IN den Wäschekorb, putzte das Waschbecken, in dem seine Barthaare klebten, und räumte seinen Frühstücksteller in die Spülmaschine. Und ich machte es gern.

Die ersten Gäste kamen 19:45 Uhr.

»Hallo, mein Engel. Alles Gute zum Geburtstag!«

»Alles Gute zum Geburtstag, meine Liebe!«

Horst und Elisabeth waren überpünktlich. Natürlich. Und sie hatten keine Tupperdose dabei. Aber ich war mir sicher, die lag noch im Auto.

Marius war frisch geduscht und sah aus, wie ein Mann aussehen musste, der seine Eltern zum vierzigsten Geburtstag seiner Frau am Tisch sitzen hatte. Max und Chrissy konnten frei entscheiden, ob sie dabei sein wollten oder nicht. Sie entschieden sich für »oder nicht« und zogen es vor, den Geburtstag ihrer Mutter bei ihren Freunden zu feiern. Mit betrunkenen Menschen, die zudem noch ihre eigenen Eltern waren, konnten sie nichts anfangen. Selbst, wenn sie uns lustig gefunden hätten, hätte ihr aktueller hormoneller Zustand es beiden verboten, uns gut zu finden. »BiVis« (Bis Vierzig) waren ja schon verpönt, aber jetzt, da ich ein »Uhu« war (Unter Hundert), war ich per se jenseits der akzeptablen Konversationsgrenze für Jugendliche.

Genug zu trinken war auf jeden Fall da, und für Musik hatte ich auch gesorgt. ABBA. Partys mit Marlene und mir endeten meistens damit, dass wir zu später Stunde headbangend Luftgitarre spielten und zu »Raining man« tanzten. Ich hoffte nur, ihr Mister »R« war nicht zu steif. Wenn er denn überhaupt mitkam.

Horst und Elisabeth hatten mir ein Geschenk mitgebracht. Während sie auf dem Sofa Platz nahmen, packte ich es aus. Sie hatten immer so süße Ideen.

»Nein, ein Kochbuch von Holger Wehmut! Danke!« Ich umarmte beide herzlich. Ein Kochbuch, das hatte ich mir schon immer gewünscht ...

»Ein Kochbuch habe ich mir schon immer gewünscht. Das ist jetzt kein Witz.« Doch, es war einer, aber keiner lachte.

Elisabeth tippte begeistert mit dem Finger auf das Gesicht des Mannes auf dem Umschlag: »Das ist einer der wenigen aktuellen Drei-Sterne-Köche in Deutschland!«

Marius' Mutter freute sich spürbar, dass mir ihr Geschenk so gut gefiel. Und ich überlegte, ob der Platz ganz hinten bei den Gewürzen, in denen sich schon Maden suhlten, ein guter wäre.

»Auf das Geburtstagskind!« Marius hob das Glas, um die kippende Stimmung aufzufangen.

»Na gut, ein kleines Schlückchen. Zur Feier des Tages«, nickte Elisabeth und stieß mit Marius und mir an. Horst blieb bei Kirschsaft.

Kling. »Auf dass die nächsten 40 genauso schön werden!«

Ach, Horst. Wenn du wüsstest ...

Ich schaute Marius erwartungsvoll an. Er lächelte. Ich sah in eindringlicher an. Hallo? Es war »Geschenkeübergabe« – hatte er denn gar nichts für mich?

Es klingelte an der Tür. »Ich geh schon«, sagte ich, froh darüber, mich kurz der steifen Atmosphäre entziehen zu können.

Nach und nach kamen nun meine Freunde. Nicole hatte einen mir unbekannten langhaarigen Typen im Schlepptau, und die anderen erschienen in gewohnter Konstellation. Sogar Marius' Kollege Stefan kam heute mit einer Begleitung, die mir bekannt vorkam. Ach ja: »Hallo, Frau Spitz!« Ob ich Lust darauf hatte, mich den ganzen Abend analysieren zu lassen, wusste ich noch nicht.

»Keine Sorge, ich bin privat hier. Bettina«, stellte sich Frau Gedankenleserin vor und strich Stefan verliebt über den Rücken.

Ich begleitete meine Gäste ins Wohnzimmer zu Marius und seinen Eltern. Elisabeth war überrascht: »Och! Doch 'ne Party?«

»Jo, Lieserl, dann können wir auch mal wieder 'ne flotte Sohle aufs Parkett legen ...«

Süß, der Horst.

Es klingelte wieder. Hoffentlich war das endlich Tom. Der war überfällig.

»Ich gehe«, rief ich und überließ Marius die Aufgabe, unsere Gäste mit Getränken versorgen.

Ich öffnete die Tür. Tom. »Endlich!«

Mein Anwaltsfreund hatte von mir die würdevolle Aufgabe bekommen, bei einem Cateringservice ein paar Platten mit leckeren Häppchen zu besorgen. Ich half ihm, die Sachen in die Küche zu tragen. Wir stellten sie ab und packten sie schnell aus. »Danke, Tom. Du bist wirklich ein Schatz!«

Tom nahm mich in den Arm und sagte: »So was von gern geschehen. Happy birthday, Bea.« Er hielt mich fest umschlungen.

»Ähm, Tom?«

»Mh.«

»Du kannst mich loslassen.«

»O. k.«

Ein erneutes Klingeln rettete mich. Marlene stand vor der Tür. Ohne den mysteriösen Mister »R«.

»Du bist die Letzte«, begrüßte ich sie.

»Alles Gute zum Geburtstag, Bea.« Sie holte aus ihrer Tasche, aus ihrer wirklich großen Tasche, ein Päckchen hervor.

»Danke! Was ist es?«

»Ein Geschenk.«

Marlene lächelte, legte ihre Tasche ab und hängte ihre Jacke an den Haken. Währenddessen riss ich das Papier auf. Was da zum Vorschein kam, war etwas Buntes.

»NEIN!« Was ich in Händen hielt, drückte mir auf die Freudentränendrüsen. »Du bist ja verrückt!«

Es war genau die Tasche, die ich mir immer gewünscht hatte. Und diesmal war es wirklich kein Witz und ich brachte das Grinsen nicht mehr aus meinem Gesicht. Ich fiel ihr um den Hals: »Du bist die Allergeilste!«

Marlene folgte mir ins Wohnzimmer. Obwohl ich nicht gerade die sozial aktivste war, hatten sich alle meine Freunde irgendwann schon mal gesehen, nur Frau Dr. Spitz kannte noch niemand. Aber ihr attraktives Äußeres machte es ihr leicht, Kontakte zu knüpfen. Mit den Männern. Das gefiel Stefan nicht und den Anhängseln der fraglichen Männer auch nicht. Aber ein Eklat war wohl nicht zu erwarten, schließlich war sie ja Psychologin.

»Guck mal, Marius, Marlene ist auch da.«

Ich klopfte ihm auf die Schulter. Mit Marlene hatte er eigentlich immer etwas zu lachen. Genauer gesagt, eher »über« sie, denn er fand ihre Auftritte lediglich gewöhnlich bis maximal interessant. Sie war ihm zu extrovertiert, sagte er immer. Aber Männer können sich die Freundinnen der eigenen Frau nun mal nicht aussuchen.

Marius gab Marlene die Hand: »Hallo Marlene.«

»Hallo Marius.«

Ui, sie nannte ihn nicht »Rute«. Wie ungewöhnlich. Würde sich meine Freundin doch noch zur gesellschaftlich angepassten Normfrau entwickeln?

Nun ging ich in die Küche, um die Tabletts mit Variationen von falschem Kaviar, Tatar, Tomatenpesto mit Pinienkernen, Käseblätterteigröllchen und Lachsminis mit einem Häubchen Remoulade sowie einem winzigen Dillstängelchen oben drauf zu holen. Horst war von Elisabeth dazu verdonnert worden, mir zu helfen.

»Mensch, Engelchen! So viel Mühe! Das müssen ja an die zweihundert Stück sein!«

»Na ja«, versuchte ich meine Verlegenheit zu überspielen und ließ das Kompliment einfach auf sich beruhen. Das tat auch mal ganz gut, selbst wenn ... Ich häufte die Schnittchen auf einen handlichen Teller zum Raustragen.

»Und richte Willy schöne Grüße aus, er hat das wirklich ordentlich gemacht.«

Horst lachte mich schelmisch an und wedelte mit der Rechnung, die er auf einem der Tabletts gefunden hatte: «Willys Partyservice – für jeden Anlass ein Genuss«.

»Oh ... bitte verrat mich gegenüber Elisabeth nicht, ja?«

»Wo denkst du hin, Engelchen! Ich will dir doch deinen Geburtstag nicht versauen«, versicherte er mit einem verschwörerischen Grinsen.

Die Party lief gut an. Sogar Marius' Eltern mischten sich unter meine Freunde, und während Horst an seinem Kirschsaft nippte, wippte er sogar mit dem Fuß zur Musik. Nicht mehr lange, und hier würde der Bär toben. Gut, vielleicht nicht gerade Horst, aber die anderen tranken sich schön in Stimmung, selbst Elisabeth konnte schon den Boden ihres Sektglases erkennen. Ich hielt mich heute mal lieber zurück, als Gastgeberin sollte man wenigstens einigermaßen die Lage im Griff haben. Und die hatte ich.

»Kommt, wir spielen Scharade!«

Wer hatte das denn eben gesagt? Konnten wir nicht einfach nur so dasitzen, schmutzige Witze erzählen und Willys Häppchen futtern?

»Gute Idee«, sagte ich trotzdem. Mit 40 spielte man dann wohl wieder lustige Gesellschaftsspiele. Wir schrieben Filmtitel auf ein paar Zettel und legten sie gefaltet in eine Schüssel.

Nicoles Langhaariger fing an. Ich hatte seinen Namen bei der Begrüßung gehört, aber beim Händeschütteln schon wieder vergessen. Das machte nichts. Nicole wechselte ihre Lover wie die Unterhosen, alle zwei Wochen schleppte sie eine neue große Liebe durch ihr Leben. Zwei Wochen? Unterhosen? Igitt.

Langhaar stellte sich mit ausgebreiteten Armen hin. Ein Stöhnen ging durch das Publikum und unisono sagten alle: »TITANIC.«

Ich meldete mich freiwillig. Auf meinem Zettel stand »Casablanca«. Eigentlich einfach. Die bekannteste Szene aus diesem Film war die, wo der Typ am Flughafen von seiner Liebe Abschied nehmen muss. Sie soll mit dem Flugzeug mitfliegen, er wird zurückbleiben, obwohl beide sich lieben. Ich nahm meinen Platz auf der »Bühne« ein. Ähm, wie sollte ich das alleine machen? Sollte ich die Luft anschmachten? Zu zweit wäre es einfacher.

»Marius, komm. Ich muss dich mal benutzen.«

»Hey, das gilt nicht!«, rief Tom.

Mein Mann trat zu mir und ich flüsterte ihm ins Ohr: »Casablanca.«

Marius stellte sich mir gegenüber und legte seine Hände auf meine Schultern. Dann deutete er hinter sich und breitete seine

Arme wie Tragflächen aus. Ich schüttelte theatralisch den Kopf und sah ihm in die Augen. Wenn ich künstlich hätte Tränen erzeugen können, dann wäre jetzt der perfekte Moment dafür gewesen. Marius berührte mich zärtlich am Kinn. Er sah mir tief in die Augen. Für einen Moment hatte ich das Gefühl, er dachte über etwas nach. Ich dagegen genoss diese Szene – ich liebte es zu schauspielern, in andere Rollen zu schlüpfen. Am liebsten würde ich gleich noch das nächste spielen und das nächste und überhaupt. Ich war in Hochform. Meinetwegen konnte er mich jetzt auch küssen.

»Entschuldige«, sagte Marlene, schob sich an Toms Knien vorbei und verließ das Zimmer.

»CASABLANCA!«, rief Horst. Natürlich. Der Film war von 1942!

»Jaaaa!«

Horst hatte es erraten. Jetzt war er an der Reihe.

»Ach Lieserl, mach du. Ich bin in so was völlig unbegabt«, bat er seine Frau, ihn zu vertreten.

»Hach, na gut ...«

Elisabeth griff sich einen Zettel aus der Schüssel, öffnete ihn, las und blickte erschrocken zu Horst.

»Na los!«, ermunterte der sie.

»Aber ...«

»Komm, Lieserl, jetzt mach schon. Und keine Geräusche und nicht reden, gell?«

»Ja, Frau Puhlmann, los!«, quietschte Frau Dr. Spitz ... ähm, Bettina, schon leicht beschwipst. Irgendwie mochte ich diese Psychologin, obwohl sie mich doch quasi für unzurechnungsfähig erklärt hatte; das würde ich ihr nie verzeihen.

Elisabeth nahm sich einen Stuhl und stellte ihn in die Mitte der »Bühne«. Sie setzte sich und strich sich bedächtig und konzentriert den Rock glatt. Gespannt ruhten all unsere Blicke auf ihr. Nun legte meine Schwiegermutter die Hände in den Schoß, warf Horst einen letzten Blick zu und schloss die Augen. Sie öffnete den Mund leicht und legte den Kopf in den Nacken.

Hä? Was sollte das denn für ein Film sein? Ich überlegte. »Philadelphia«?

Elisabeth begann flacher zu atmen. Und schneller. Sie stöhnte, warf den Kopf weiter in den Nacken. Aus ihrem Mund kam kein Geräusch, aber er war geöffnet. Dann begann sie sich zu streicheln, an ihren Oberschenkeln entlang bis zu ihrem Busen. Und sie atmete immer schneller und heftiger. Wir anderen hielten den Atem an und starrten sie nur ungläubig an. Sie griff sich in die Haare und stöhnte. Warf den Kopf hin und her, klatschte sich auf die Schenkel, immer heftiger. Dann kam sie zum »Höhepunkt«. Das war offensichtlich. Grandios!

Bettina Spitz sprach begeistert aus, was unübersehbar war: »Harry und Sally! Hier ist meine Karte.« Sie legte Horst ihre Visitenkarte auf den Tisch.

Marius' Vater lachte. »Das hatte ich schon längst erraten, aber ich wollte so gerne das Ende sehen ...«

Ein allgemeines Gelächter brach aus und Elisabeth nahm unter den jubelnden Zurufen Platz. Horst küsste sie auf den Mund. Süß.

»Jetzt bin ICH dran!«, kreischte Bettina Spitz aufgeregt und nahm einen Zettel. Sie las kurz, zupfte ihr Dekolleté zu recht und begann, wie wild in der Gegend herum zu boxen und zu hüpfen. Ihre Brüste wippten, die Männer johlten und die Frauen kicherten. Keiner wollte erraten, was sie doch so realitätsnah ruberbrachte. Ich war mir sicher, Rocky Balboa hätte sich im Grabe umgedreht, aber nur, damit er besser sehen konnte. Diese Show war einfach sensationell.

Marlene hatte sich wieder bei uns eingefunden und ich stieß mit ihr an. Alle lachten, die Stimmung war ausgelassen, die

Häppchen waren zur Hälfte weg, der leckerste Wein floss in Strömen und die Musik spielte nun auch wieder lauter. Geile Mucke, danke Chrissy!

Ich hatte Horst noch nie tanzen sehen! Er schwang Elisabeth über die Tanzfläche, dass sie vor Vergnügen quietschte.

Ja, ich hatte wirklich alles, was man sich nur wünschen konnte. Und beinahe hätte ich das einfach so verspielt gehabt. Beinahe hätte sie mir alles weggenommen. Aber ich hatte gesiegt. Arielle hatte verloren.

Das musste ich ihr jetzt sagen. Ihretwegen hätte ich um ein Haar meine Familie verloren. Der Zweikampf war beendet.

Ich hatte sie zertreten. Um ein bisschen mehr Ruhe zu haben, wenn ich sie enthaupten würde, zog ich mich in den Flur zurück. Im Wohnzimmer spielte ABBA: »The winner takes it all, the loser standing small«. DAS war gut. Langhaar hatte gerade sein T-Shirt ausgezogen und schwenkte es über dem Kopf.

Draußen auf dem Flur tippte ich enthusiastisch in mein Handy: »The winner takes it all ...« Ich sah noch einmal zur tanzenden Menge hinüber, lächelte und drückte auf Senden.

Pling. Das kam aus Marlenes Tasche an der Garderobe. Pling?

Gut, da ich zu denjenigen gehörte, die mit ihrem Handy zwischen den Pobacken lebten, übernahm ich die Aufgabe, es ihr zu bringen. Ich griff in die Tasche und zog das Gerät heraus, das Spezialhandy für »R«. Ich war schon auf dem Weg Wohnzimmertür, als mir plötzlich die Buchstaben auf dem Display ins Gesicht sprangen. Meine Knie wurden weich. In meinem Kopf drehte sich alles. Auf dem Display standen fünf Worte und drei Punkte: »The winner takes it all ...«

37

The looser standing small

Ich weiß nicht, wie lange ich da stand und auf die beiden Displays in meinen Händen starrte. Wochen? Monate? Ich dachte immer, das Leben ziehe nur dann im Eiltempo an einem vorüber, wenn man stirbt! Aber plötzlich rauschten Szenen an meinem inneren Auge vorbei, Situationen, die mich bestenfalls irritiert hatten, aber ich wäre doch nie auf den Gedanken gekommen, dass ...

»R«! «R« wie «RUTE«! Scheiße!

Weitere Bilder aus den vergangenen Wochen bohrten sich in meinen Kopf, wie Würmer auf der Suche nach Nahrung: Ich sah, wie ich Marlene von meiner Idee erzählte und sie den Plan gar nicht gut fand. Auf meine Frage, ob sie glaubte, ich würde niemanden für Marius finden, hatte sie nur geschwiegen. Das hatte nicht Nein geheißen! Nein, das hieß in Wirklichkeit: »Ich wüsste da schon jemanden!« Diese hinterhältige, dreckige Schlange!

Und dann: Wie kamen Marlene und Marius zusammen? Wie kam Arielle auf LOVETOGO, ich hatte ihr davon doch gar nichts erzählt? Ja, klar, die Nacht, in der Marius abgehauen war ... er war bei ihr. Er hatte ja keine Freunde. Und was lag da näher, als sich bei der besten Freundin der eigenen Frau auszuheulen. Oh Gott!

Schließlich das Foto auf LOVETOGO – irgendein beschissenes Foto aus dem Internet. Das Foto irgendeiner Frau, die keine Ahnung hatte, dass sie benutzt wurde, um mein Leben zu zerstören. Deswegen gab es auch kein Telefonat mit »Arielle«. Marlene wusste genau, wie sie sich meine Sympathie auf hinterhältige Weise erschleichen konnte und wie sie die richtigen Worte fand. Natürlich!

In meinem Kopf fühlte es sich an, als rührte jemand langsam in einem Topf weichgekochter Spaghetti. Jede Kleinigkeit wurde plötzlich zu einem zerschmetternden Indiz. Der Schnupfen! Natürlich hatten sie sich die Bazillen gegenseitig in die Körperöffnungen gesteckt. Und ich Idiotin hatte ihn sogar noch gepflegt!!!

Und an ihrem Geburtstag? Da war sie, verdammt noch mal, mit meinem Mann zusammen gewesen! Natürlich! Von wegen Holland. Verdammte Scheiße! Das Geschenk aus dem Wäscheladen hatte sie zum Geburtstag bekommen. Von ihm!

Schließlich hatte sie mir noch ohne zu zögern und ohne nachzufragen ihren Wagen geliehen, damit ich auch ja zu dem Treffpunkt kam, wo sie ihr elendes Spiel auf den Höhepunkt treiben wollte. Wie blöd nur, dass sie deswegen mit dem Bus kommen und mir schnurstracks vor ihr eigenes Auto laufen musste. Hätte ich sie doch nur wirklich umgefahren!

Zuletzt noch gestern Abend in ihrem Salon! Was war da genau gewesen? Tasche? Kaffee? Taxi? Ich wusste es nicht mehr im Detail. Verdammt! Aber an eines konnte ich mich genau erinnern: Sie wusste genau, dass ich niemanden umgebracht hatte! Und warum? Weil man nicht mit Toten reden kann!!!

»Bea?«

Ich zuckte zusammen. Marlene stand vor mir. Sie sah beide Handys in meiner Hand. Hinter ihr standen meine Gäste und beäugten aufmerksam, warum das Geburtstagskind plötzlich vor der weißen Wand nicht mehr gut zu erkennen war.

Auch sie rührte sich nicht. Sekundenlang warteten wir beide darauf, dass die jeweils andere als erste den Colt aus dem Halfter zog. Mist, sie stand auf dem guten Teppich, da kriegt man das Blut nie mehr raus.

»Es ... es tut mir leid.«

Es tut mir leid? Das war alles, was ihr dazu einfiel? Es tat ihr leid?

»Was?« Mein Adrenalinpegel drückte an meine Schädeldecke.

Marius kam aus dem Arbeitszimmer dazu. Er hielt ein kleines Geschenk in der Hand, es war rot verpackt und hatte eine goldene Schleife. Genau, wie man in meinem Lieblingsladen Geschenke verpackte, wenn Männer nach deren Erwerb ihre Hilflosigkeit als Verpackungslegastheniker zu Markte trugen.

»Bea, ich hab noch was für dich ...«

Jetzt sah er mich mit den zwei Handys in der Hand und Marlene nach Luft ringen.

»Oh.«

»Oh?« Das war doch jetzt nicht sein Ernst!

Wie paralysiert stand ich da und wartete. Auf was? Ich glaube, dass mir jemand sagte, was ich tun solle. Oder dass meine nächste Erinnerung sein würde, wie ich in einem offenen Sarg in der Kirche lag und der Pfarrer predigte: »Beatrice war eine überaus attraktive Frau, die allen nur Freude bereitete. Wenn sie das Zimmer betrat, ging die Sonne auf. Doch auch eine Sonne hat nur eine bestimmte Zeit, bis sie verglüht. Beatrice verglühte auf dem Höhepunkt ihres Lebens. Wir werden ihre Wärme und Fröhlichkeit vermissen. Leb wohl, Beatrice Puhlmann.«

Deckel zu, ab ins Loch, Erde drauf, fertig.

Aber nichts dergleichen geschah. Die Musik hatte aufgehört zu spielen. Natürlich. Was würde als nächstes passieren? Meine

Soapstars blieben in so einer Situation meistens stehen und warteten auf eine Erklärung, damit es weitergehen konnte. In der nächsten Folge. Also blieb auch ich einfach nur stehen und wartete. Marlene und Marius sahen keine Soaps.

Marlene brach das Schweigen. Endlich. Mir war es fast schon egal, was sie sagen würde, Hauptsache, irgendjemand sagte irgendwas.

»Ich wollte es dir sagen. Ich hatte gemerkt, dass es aus der Bahn läuft, da habe ich dir eine lange Nachricht auf LOVETOGO geschickt.«

Bitte?

»Aber du warst plötzlich abgemeldet. Dann ... habe ich es einfach weiterlaufen lassen.«

Marius runzelte fragend die Stirn: »LOVETOGO?«

Ich spürte die fragenden Blicke meiner Gäste.

»Können wir das draußen klären?«, fragte Marlene mich leise.

Das könnte ihr so passen! »Nein, das sind meine Freunde. Die können ruhig alles hören.«

Marlene suchte kurz nach Worten, dann entschied sie sich für folgende Erklärung: »Als du mir davon erzählt hattest, habe ich mich angemeldet, damit Bea keine weiteren Frauen mehr anschreibt.«

Marius schnappte nach Luft: »Aber wieso???«

Moment mal, hier ging es ja wohl in erster Linie um mich: »Wieso?«

Marlene rang mit den Worten: »Weil ... weil ich Marius ... liebe.«

WAS für ein Scheiß!

»WAS?« Marius wich alles Blut aus dem Gesicht. »Aber ich dachte ... ich wollte ... ich wäre doch nie ...«

»Ich weiß«, kam Marlene ihm zu Hilfe. »Und das war ja auch in Ordnung. Ich wusste, dass Bea log, als sie mir schrieb, dass ihr euch trennen wollt. Deswegen habe ich die Notbremse gezogen. Deswegen habe ich die Rosen auch nicht haben wollen.«

Jetzt reichte es: »Du bist eine falsche Schlange! Warum hast du denn damals im Laden nichts gesagt, als ich ihn dir angeboten habe? Du hättest ihn doch haben können! Frei Haus! Ich hätte euch meinen Segen gegeben! Und die Wäsche? Passt sie? Fickt es sich gut darin?«

Marlene schien wegen der Flut an Geschenken von meinem Mann nicht mal zu wissen, wovon ich sprach! Jedenfalls stammelte sie nur: »Was ...?«

Ein Raunen ging durchs Publikum. Ich wertete das zunächst einmal als mitleidvolle Zustimmung für das arme Opfer: für mich!

Marius trat zwischen Marlene und mich. »Was hast du?«, fragte er noch einmal zum allgemeinen Verständnis nach.

Ups.

Er wartete auf eine Antwort. In seinem Kopf waren nun auch weichgekochte Spaghetti. Marlene sah mich an. Und Marius auch. Beide hintereinander. Ich stellte Marius in meinem Blick scharf und erkannte, dass seine Augen durch mich hindurch starrten.

»Ich verstehe«, sagte er schließlich.

Das klang jedoch nicht nach einem verständnisvollen Verstehen, sondern eher wie das Surren, das ein gelöstes Fallbeil bei der Vollstreckung der Todesstrafe durch Enthauptung machte, bevor es sich mit einem schmatzenden Geräusch durch das Fleisch des Verurteilten schnitt.

»Nichts verstehst du ...«, war das einzige, was mir als spontane Erwiderung einfiel.

Ohne mich weiter zu Wort kommen zu lassen, legte mir Marius seine neuen Erkenntnisse fein säuberlich auf den Tisch:

»Du wusstest alles! Jetzt verstehe ich, warum du nichts gesagt hast, als du mein Handy ausspioniert hattest. Warum ich so leicht mit meiner neuen Unterwäsche durchkam. Warum du nichts gesagt hast, als ich spätabends noch zur Apotheke fuhr. Dein schlampiges Aussehen. Dein Verhalten. Dein Gesaufe am helllichten Tag.«

»Ich saufe nicht!« Ich fand mich ganz schön eloquent für so eine Situation.

Marius nahm sich zusammen: »Und ... der Sex gestern? War das auch gefaked?«

»Nein, natürlich nicht.«

Das meinte ich ehrlich. Und es war schön, hätte ich gerne noch hinzugefügt. Aber das war hier und jetzt definitiv der falsche Zeitpunkt für ein solches Geständnis.

»Bea ... warum?«

»Aber ich habe doch eingesehen, dass das alles ein Fehler war!«

Marius sah mich ernst an. Dann holte er kurz Luft und ließ seine Worte vor sich auf den Boden fallen wie eine aufgerauchte Zigarette: »Nein, Bea, das war kein Fehler ... Das war alles genau richtig so.«

Er blickte auf das Geschenk in seiner Hand. Wortlos legte er es auf den Tisch und ging an mir vorbei. Auf dem Flur fiel die Haustür ins Schloss. Das Geräusch hallte in meinen Ohren nach und fraß sich in mein Herz.

38

Er liebt mich, er liebt mich nicht ...

Auf dem Sofa saß es sich doch am gemütlichsten. Um mich herum standen Gläser und abgegessene Teller. Mein Herz lag irgendwo dazwischen. Zertrampelt. Gleich neben meinem Selbstwertgefühl.

Nachdem Marius ohne ein weiteres Wort zur Tür hinausgegangen war, zogen es meine Gäste vor, ebenfalls die Party zu verlassen. Vielleicht hatte das auch daran gelegen, dass Horst plötzlich Atemprobleme bekam und der Krankenwagen ihn mit Blaulicht ins Krankenhaus transportieren musste. Kurz darauf waren alle anderen ebenfalls weg. Allen fiel schlagartig ein, dass sie am nächsten Morgen früh raus mussten. An einem Feiertag.

Aber ehrlich gesagt, war mir das auch ganz recht so. Ich konnte alles noch immer nicht richtig begreifen. Was war alles eigentlich gelaufen? Wer war denn nun der Böse und wer der Gute?

Okay, ich wollte meinen Mann loswerden. Das kann doch vorkommen, schließlich gibt es in jeder Ehe mal Probleme. Und ich hatte es auch geschafft, nur eben nicht ganz so, wie ich mir das vorgestellt hatte. Ich war menschlich enttäuscht. Von allen. Von Marlene, weil sie mich so hintergangen hatte; und von Marius, weil er mich tatsächlich betrogen hatte. Aber genau das hatte ich doch so gewollt. Oje, offensichtlich wies meine Argumentationskette kleine Defizite auf. Emotionale Defizite.

Nun saß ich wieder auf meinem Sofa, genauso, wie vor einigen Wochen. Es war hell. Alle Lichter waren noch eingeschaltet. Ich nippte an einem Jägerzotti. Es war totenstill im Haus.

Ja, ich war mit einem Mähdrescher über seine Gefühle gefahren, hatte sie zerhäckselt, in einen Sack gestopft und auf dem freien Markt feil geboten. Marlene hatte zugegriffen, hatte sich das genommen, was sie schon immer haben wollte und worauf sie schon immer gewartet hatte: meinen Mann. Jetzt hatte sie ihn. Er würde ihr die Füße massieren, sie würden lange Gespräche führen und sich gegenseitig aus Büchern vorlesen. Und ich hatte verloren. Auf der ganzen Linie.

Vor mir stand Marius' Geschenk auf dem Tisch. Während ich mir nochmals nachschenkte, überlegte ich, ob ich das überhaupt noch öffnen durfte, wo wir doch nun definitiv getrennt waren. Dieser Gedanke schnürte mir den Hals zu. Würde ich jemals damit fertig werden?

Und – waren wir überhaupt getrennt?

Behutsam zog ich die Schleife auf. Dann entblätterte ich das rote Papier. Er liebt mich, er liebt mich nicht, er liebt mich, er liebt mich nicht ... Kinderkacke.

Schließlich zog ich einen kleinen Karton heraus. So einen Karton hatte ich schon mal gesehen. Ich kannte die Marke. Marius' hatte sein Geschenk in meinem Lieblingsladen gekauft, demselben, aus dem auch der entlarvende EC-Beleg über 113 Euro stammte. Zitternd öffnete ich ihn. Darin lag ein Beutel. Nur besonders edle Schuhe sind zusätzlich noch einmal in einem Beutel verpackt. Zum Schutz.

Ich griff hinein, es fühlte sich weich an. Dann zog ich sein Geschenk heraus. In meiner Hand lagen zwei kuschelig weiche, sauteure, neue Kamelhaarsocken ...